U0147567

文轩凤凰丛书

生命之痛

曾子墨

中国青年出版社

没有答案的记录

曾子墨

每年的第一个周四是《社会能见度》的生日。迈入2008年，它3岁了。部分节目终于集结成书，该是一份最特别的生日礼物。

1000多个日日夜夜，我们精简得只有四五个人的团队陪伴我走遍大江南北，在边缘的城市角落，在偏僻的乡村田间，面对芸芸众生，用镜头、用心记录着转型期的中国。

那些画面或残酷，或悲凉，从不美丽，但因为真实，所以震撼。

记得在汉江流域的癌症村，采访中，我不止一次因为腹部的剧痛难忍而被迫停机。连最壮实的摄像也顶不住污染水源的侵袭，捂着肚子，穿梭于洗手间和拍摄现场。劣五类的白河水，泛着泡沫，散发着恶臭，我们仅仅是在两天的饭菜中与它对峙，较量。那些世世代代称白河为母亲河的村民呢？他们离不开那片土地，他们无处可逃。癌症，是唯一的宿命。

还有那些断落的手指，不曾亲眼见过，却血淋淋、活生生地刻在脑海深处。珠三角的民工医院里，楼道狭窄，昏暗，简陋，挤满破旧的病床。病人老少不一，口音各异，但手臂处厚厚缠绕的渗着鲜血的灰白纱布却昭示着他们共同的命运。几十分钟的车程外，大都市灯红酒绿，纸醉金迷。但在这里，手指断落了，手掌消失了，耳闻痛苦的呻吟，我压抑，窒息，甚至分裂。这是我们熟悉的中国吗？那个像北京和上海一样漂亮一样现代化的中国呢？那个堆砌在高楼大厦上霓虹闪烁的中国怎么突然间遥远得如同另外一个星球？

3 年，太多的哭诉，太多的无助，太多的生命之痛。

常有朋友问，看多了灰色的人生，你悲观吗？抑郁吗？我总是摇摇头，说不，说数不清的生命之痛反而让我们学会珍惜，懂得知足。

我常想，假如我出生在某个癌症村，喝着污染的河水长大，也许我的身体里早就埋下绝症的种子，早就闻到死亡的气息。又或者，我的父母身陷冤屈，一贫如洗，也许我从未有机会读书识字，小小年纪便不得不在社会底层漂泊、挣扎……

上天的恩赐，感谢，感激。

感恩的最好方式莫过于力所能及，善待他人。幸运的是，《社会能见度》给予我们一个平台。30 分钟的节目或许不能改变他人的命运，但至少，我们在尽微薄之力。

感悟之余，还有思考。

工伤，污染，医疗事故，不公正的遭遇……这是天灾？抑或人祸？这是飞速转型的中国必须付出的惨痛代价吗？这是急速现代化的中国真实的写照吗？在令人惊喜却缺少体温的经济数据背后，谁会去留意那些追随不上 GDP 脚步的脆弱生命？

我常想我们不是救世主，我们不可能有呼风唤雨的法力，但我们可以从我做起，从一点一滴身边最细微的小事做起，让这个世界舒展的笑脸多起来，也让人们能看到一个活生生的生命拥有生命该有的尊严。

我常想，也许我们的节目不能给出答案，但至少，我们在记录。

但愿我们记录的脚步永不停歇，直至《社会能见度》迎来它 10 岁的生日、30 岁的生日……

生命之痛

目录

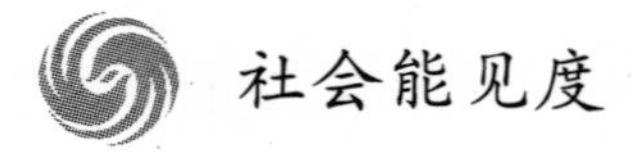

生命之痛

致命的河流

翟湾村是湖北省襄樊市襄阳区的一个被污水环绕的村庄，流过这个村庄的已受污染的黑水河却有一个美丽的名字——白河。10年来，白河的污水不断侵袭土地，癌症的恐慌不断侵袭村民。这里癌症发病率高达万分之四十，是全国平均数的80倍。

翟湾村是湖北省襄樊市襄阳区最北边的一个村子。“翟”字代表了村里最大的姓氏，而“湾”字指的便是自北向南、环绕着村子流过的白河，自古以来它就是这里的人们生产和生活的最主要水源。但是在最近10年，日益高发的癌症以及日益变黑变臭的河水却让这里的人们对白河充满了恐惧。如今这个3000多人的村子只有几个依然活着的癌症患者，能出去的年轻人都出去打工了，留下许多废弃的房子。5年来，死于癌症的村民已经有100多个。大多数村民发现自己身体有问题，去医院检查时就往往已经是癌症晚期了。村民翟玉春为了治疗肝癌花了20多万元，接受采访时，他刚刚从武汉的肿瘤医院化疗回来。

子　墨：什么时候知道自己得了癌症？

翟玉春：2005年7月份，到医院一检查，发现是肝癌。得了这个病可咋医呢，就怕得这个，医院一查说是癌，这么准，我们村的人得的都是癌症。我原来认为得癌，活不了了，以前这种病都看不好。现在技术发达了，我动完手术快9个月了。

子　墨：医生是怎么给您介绍手术情况的？

做了肝癌切除手术的翟玉春

翟玉春：医生问我，你是打针还是动手术？我想，这病看不好，反正是死，就动手术切除了，随便你割，好了就好，不好就算了。

子　墨：看病花了多少钱？

翟玉春：光动手术那一天就交给医院六万七。你不交钱，人家不给你开刀。其他化疗还花了 11 万，化疗一次就 12000 多块钱，一个月去一次，一次 10 天到 12 天。

子　墨：现在化疗还接着进行吗？

翟玉春：接着进行，不化疗，这个病好不了。

曾经，翟玉春家算是村子里的富裕人家。但是为了还钱治病，连翟玉春老父亲的房子都已廉价卖给别人了。翟玉春的妻子说，他们夫妻俩、公公，还有个侄子，三家人住在一起。小小的三间房内，左边是厨房，老父亲和一个小侄儿住在中间的厅，翟玉春和妻子住右边的小屋子。他们的三个孩子在外上学打工，回来也只能住在亲戚家。

翟玉春妻子：医生说是肝癌，说还有一点希望，有钱就有希望，没钱就没希望。别人说这病看不好，不能治了。三个孩子回来就哭，说妈你借也好卖也好，我们打工挣钱还人家，反正一定要救我爸，要给我爸看病。

子　墨：除了卖房子，就想不出来别的办法吗？

翟玉春妻子：没钱，到医院人家不给看。每次都凑大半个月，才凑到万把块钱化疗一次。谁的钱在屋里搁着，去了就借，也不敢借多了，有的借你三五百，有的借你三五千，就这样借。

子　墨：除了化疗，其他的医药费用呢？

翟玉春妻子：化疗以后回来吃药，一个月还得 1000 多块钱药钱。

在翟湾村，因为癌症负债的家庭比比皆是。翟玉春的三个孩子，大女儿打工每月能挣 1000 多元，刚刚够他的药费，大儿子正准备从部队退役回家照顾他，小女儿去年休学一年，今年在舅舅的资助下准备参加高考。而妻子每月做生意挣来的 1000 来块钱也都花在一家人的生活上了。欠下的十几万元的债，翟玉

湖北襄樊“绿色汉江”环保协会会长运建立带记者察看白河支流。河南新野的小造纸厂给白河造成了严重污染

河南采取了一定的措施，关闭了部分污染企业，白河水水质有所好转，但多年积累的污染物质一时难以消除，轻轻一搅就沉渣泛起

春说只能等孩子们将来还了。虽然让自己的下一代也背上了债务，翟玉春还是为自己的肝癌手术成功感到幸运。他家住在翟湾村二组，离白河较近，邻居翟爱枝的母亲王凤儿最近刚刚因为结肠癌去世。

子　墨：在河边住的人家有患癌症吗？

翟爱枝：有啊，都死了。得了就死，前几年就死了。我们二队就十几个。肺癌、肝癌、胃癌……癌太多了，说不清是怎么得的。

子　墨：母亲是什么时候走的？

翟爱枝：腊月十六。

子　墨：走前是什么样子？

翟爱枝：到最后她都疼得要命，疼得叫，我们只能守在跟前哭。

子　墨：周围得癌症的多吗？

翟爱枝：周围？多得很啊。

翟湾村边的白河，水面上泛着白沫，气味刺鼻　　汉江支流——唐河、白河交汇处，垃圾成堆

翟爱枝姐妹为了给母亲看病也欠下了两万元的债务。她们只有一个兄弟，却是先天智障。如今为了还债，最小的妹妹也外出打工挣钱了。除了母亲，翟爱枝和丈夫身体也长期不好。尽管担心，他们却无力再去医院治疗。和其他村民一样，翟爱枝认为，污染的白河水是导致他们生病的元凶。

翟爱枝：我们村里，年轻人，甚至十几岁的小孩子，不少都得了癌症。像我们这个岁数的中年人经常有病。你看我这屋里的药瓶子跟开药店一样，孩子他爸从去年6月开始胃不好，肠道也不好。上回去检查发现胃充血，医生说再严重就是胃穿孔。

子　墨：你们怎么知道身体不好和水有关？

翟爱枝：别的地方没这种病啊。以前那河水清亮亮的，在大队里干活的时候，渴了就喝河里的水，现在河水闻着就臭烘烘的。

子　墨：附近白河流过的村庄也有这么高的发病率吗？

翟爱枝：反正我看只要靠近这条河的，就有这种现象。

村民翟爱枝　　村委会主任翟金汉

2005年4月，襄阳区卫生局在翟湾村做过一次村民死亡情况调查，以翟湾村三组为例，10年中36例死亡者，癌症占到全部死亡病例的69.44%，心脑血管疾病占到22.22%。而癌症病例全部为消化道癌症和呼吸道癌症，分别占69.23%和30.77%。除非身体有明显不适，没有人会主动去医院体检。即便是检查出了癌症，一些村民也不愿意张扬。但是随着死亡数字的不断增加，翟湾村村民不得不向外界求援。

子　墨：村子里这些年出现了多少位癌症患者？

翟金汉（村委会主任）：目前根据大病救助统计，是将近150人。以前得了这病的村民不愿意说，尤其有的是还未成婚的青壮年，怕外面知道以后说不上媳妇。现在，只要病人拿出癌症病历，区民政部门就会给他们大病救助。2005年，民政部门给每位癌症患者发了3000元补助，这样一下子许多人都把病历拿出来了。

子　墨：大部分得的是什么癌？

翟金汉：癌症很多，像食道癌、膀胱癌、结肠癌、血癌、脑癌、贲门癌等等，女的会有乳腺癌，这些都是记在病历上，医院报过来的癌症。

子　墨：村子里这么多癌症家庭，哪个家庭让您看了特别痛心？

翟金汉：有个母小西，父亲不在了，夫妇俩和一个孩子加老母亲四口人。母小西刚刚30岁就得了肝癌，没钱看病，疼的时候只能头抵着墙掐着腰，全身湿透，有时候会疼死过去。他媳妇才20多岁，娃才3岁多，好惨！看到这一家的情况，我们村组干部都痛心得很。

子　墨：这样的家庭多吗？

翟金汉：可不少，特别是四队。我们农村的风俗，两口子中有一个去世，剩一个的家庭叫“半边户”，四队的半边户太多了。二、三、四队得癌症的都很多，一队、五队相对少一些。

子　墨：为什么一队、五队少，二、三、四队多呢？

翟金汉：一队和五队离白河的距离远，二、三、四队离白河的距离近，都在白河边上。

由于离白河的距离较远，近三年翟湾村一组的年平均人口死亡率为4.42‰，五组为5.56‰，而距离白河较近的二、三、四组年平均人口死亡率达到了7.69‰。整个村子的年均人口死亡率也大大高于20世纪90年代初。村民对于河水的畏惧与日俱增。近年来，为改变村民生存环境积极奔走的除了村委会主任翟金汉，还有村支书翟战洪。

子　墨：河水污染这么严重，给你们的生活带来了哪些不便？

翟战洪：这里的水稻总比别处晚熟半个月，品质不好，产量也在下降。我们是用河里的水灌溉稻田，2006年才开始基本不用河里的水了。上次省里专家过来，发现我们的稻田浇的是河里的水，田上结着一层很厚的黑皮，他们拿去化验了，化验结果我们也不晓得，反正今年开始基本上90%种旱地。

子　墨：粮食产量受到影响了吗？

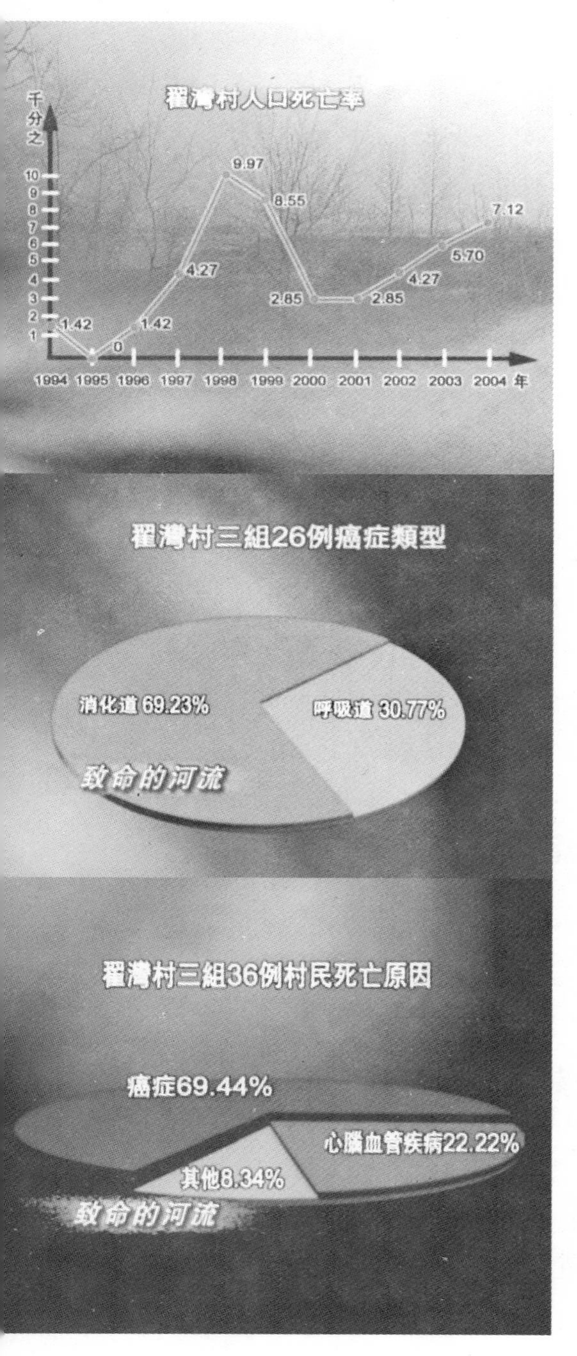

翟战洪：原先亩产1200斤左右，现在亩产800多斤就是好的了，确实减产了。

子　墨：这样的土地，这样的水，种出来的粮食和蔬菜，品质能够保证吗？

翟战洪：我们向上面汇报了，上面让我们少种水稻，尽量不用这水，慢慢改变过来。所以今年我们基本不种水稻，但是村里的畜牧业、渔业同时也受到影响。原先河滩上长草，草长得最高的时候，涨水才能把草盖住，后来草也不长了。原先都在沙滩上放羊、放牛，现在牛羊就是放到河边，渴了也不敢喝河水，有的能喝死。

子　墨：村子里边这些家畜的饮水问题怎么解决？

翟战洪：现在养家畜的也少了，二、三、四组很少养牛羊，一个组里连十头牛都到不了。

子　墨：为什么不养了？

翟战洪：没地方放。原先在河滩上放，现在河滩不长草了，耕地都紧张，再没有能放牧的地方了。

子　墨：原来捕鱼的人家现在怎么生活？

翟战洪：捕鱼的都出去打工了。没有一个人在河里逮鱼。没鱼了，还逮啥鱼。

在这个人均耕地不足一亩的村子，粮食基本上是自给自足。让村民担心的是，一批批的专家到这里视察、调研，但没有人能确定地告诉他们，食用地里的粮食、家中的禽类、牲畜会不会导致他们患上癌症。而一户人家多人患癌的现象，更让癌症患者的家属不安。村委会主任翟金汉的爷爷、奶奶和叔叔都因为癌症先后去世，而村支书翟战洪的父亲、母亲、舅舅也都因为癌症去世。

翟战洪：我妈我爸都是食道癌，我舅也是癌症。

子　墨：看着家里的人患病，你的心情怎么样？

翟战洪：不能提，提起来眼泪就往外涌，寒心的事真是见太多了。你走到那些患病的家里去，眼泪真是扑嗒嗒朝下掉，花光钱，人还是得死。

子　墨：您担心自己的身体吗？

翟战洪：担心也没用。这病不是说提前检查、提前预防就行。查出来了早治还行，要是到了后期，就不好治。

记者在村民冯朝辉家里看到他家里的暖水瓶，从暖瓶里倒出的水是浑浊的。冯朝辉说，这水每天都这样，里面有好多白渣，喝的用的水都是沉淀几天才敢用。冯朝辉认为，自己结肠穿孔就是因为长期使用这样的水。他妻子也是肠炎，儿媳妇是肾炎，去年一年全家看病就花掉了几年的积蓄。在村里，冯朝辉家条件算好的，前些年进城打工攒了些钱，在自己家楼顶装了个沉淀水的铁皮桶。现在由于人所共知的水污染，村子里装铁皮桶的人家很多，甚至出现了专门生产这种桶的厂家。在每个沉淀水的桶底，都有厚厚一层黑色的沉淀物。

子　墨：白河水的污染源是什么？

翟战洪：是河南的造纸厂，河南的生活污水都排放到河里。

子　墨：您为什么这么肯定地说是上游污染造成的呢？

翟战洪：造纸厂一放水，河里就漂白沫，不放水就好一点。如果有一个月

水里有许多白渣，喝的水要沉淀几天才敢用

不放，河里的鱼苗都能起来了。现在河里啥都没有，三光，鱼没得，虾没得，往日的青蛙也没得。

根据襄樊市襄阳区环保局的水质监测，白河水长期处于劣五类水，完全丧失使用功能。而翟湾村的浅层地下水锰含量超标，含有铬、苯、甲苯等致癌物质。据了解，2004年以来，白河上游政府连续关停了几十家不达标的污染企业，2005年下半年国家环保总局派出官员调查，上游一些小造纸厂处于关停状态。

子　墨：2005年下半年，上游地区的小造纸厂关闭了许多，河水变清了吗？

翟战洪：他们并没有关闭，只是比原先要稍微强一点。原先河水是黑臭，现在白天水看着还行，一到晚上他们又开始排污了，水里全是白沫。

子　墨：明明说上游已经关闭了32家不符合标准的小造纸厂，为什么你们还能看到排污呢？

翟战洪：我们在河边住，天天看得到。

子　墨：那应该怎么去解释上游地区的政府对媒体说很多工厂都已经关闭了呢？

翟战洪：我不晓得，我只是个老百姓。

记　者：您怎么知道他们是晚上排污呢？

船　工：我经常在船上呆着，最清楚这回事。主要是河南造纸厂放的污水，晚上大概10点钟就开始放，里头漂的东西白花花的，水一看就是黑的。整个水面臭烘烘的，熏人，我一闻见这个水味，脑子就疼得不得了，最近我准备到襄樊照个脑CT看看。

这个船老大每天20个小时在河面上呆着，整日在河上来来回回，一天天目睹着白河的变化，对于自己的身体也忧心忡忡。他说，你要是看见水里的黑疙瘩，就会恶心得要吐。从船上仔细看水面，能看见酱油色的河水里密布着白色的纸浆，船老大拉船的钢丝绳上也悬挂着絮状的纸浆。上游的造纸厂生产出来的是卫生纸。

这些年，为了喝到没有污染的水，村民们多次向当地政府、上游政府、媒体以及环保组织呼吁。面对上游屡关不停的小造纸厂，翟湾村所在的襄阳区地方政府也显得有些无可奈何。他们只好花了117万在翟湾村打了一口120米的深水井，解决村民饮水的燃眉之急。

子　墨：为什么要打这么深的一口井呢？

水利局长：我们在实地勘测中发现翟湾村的地表在十几米深的地方就有水层，但是那层土质也已经受到污染。由于长期遭受白河水的污染，土质变黑了，那一层的水中含有一些致癌物质。

子　墨：将来整个水厂和深水井的维持需要费用吗？

水利局长：需要费用。水厂目前设计是日供水255吨，扩建以后能扩大到日供水1000吨，可以辐射到周边村组，生产成本也能降下来。根据预算，每立方水一般在九毛钱左右，不超过一块钱。

子墨点评：

虽然我们看到了用“深圳速度”建成的深水井已经解决了翟湾村的燃眉之急，但我们不禁要问，这样一条被污染的白河还会流经多少个村庄，而在中国大地上还有多少条像白河一样被污染的河流，还有多少像翟湾村一样被污水侵袭的村庄？

根据国家环保总局的调查，自从2005年年底，松花江出现了污染事件之后，中国一共出现了140多起水污染事件，也就是说平均每两三天就会出现一起。而此外，根据新华社《瞭望周刊》的报道，在中国大约有4亿的城市人口呼吸不到新鲜的空气，而在全世界20个污染最严重的城市当中，中国占了16个。可以说，曾经让西方工业化国家十分困扰的环境污染问题，仿佛在一夜之间就来到了中国人的面前，成为了中国人最关注的话题之一。

我想，面对大自然，我们每一个人都非常卑微。环境受到污染，我们每一个人都应该勇敢地承担责任。无论是个人还是集体，都应该真正地转变观念，不仅仅把环境保护当做一句口号，而是变成一种深刻的记忆，从自己身边力所能及的事情做起，保护日益恶化的环境。

淮河边上的村庄

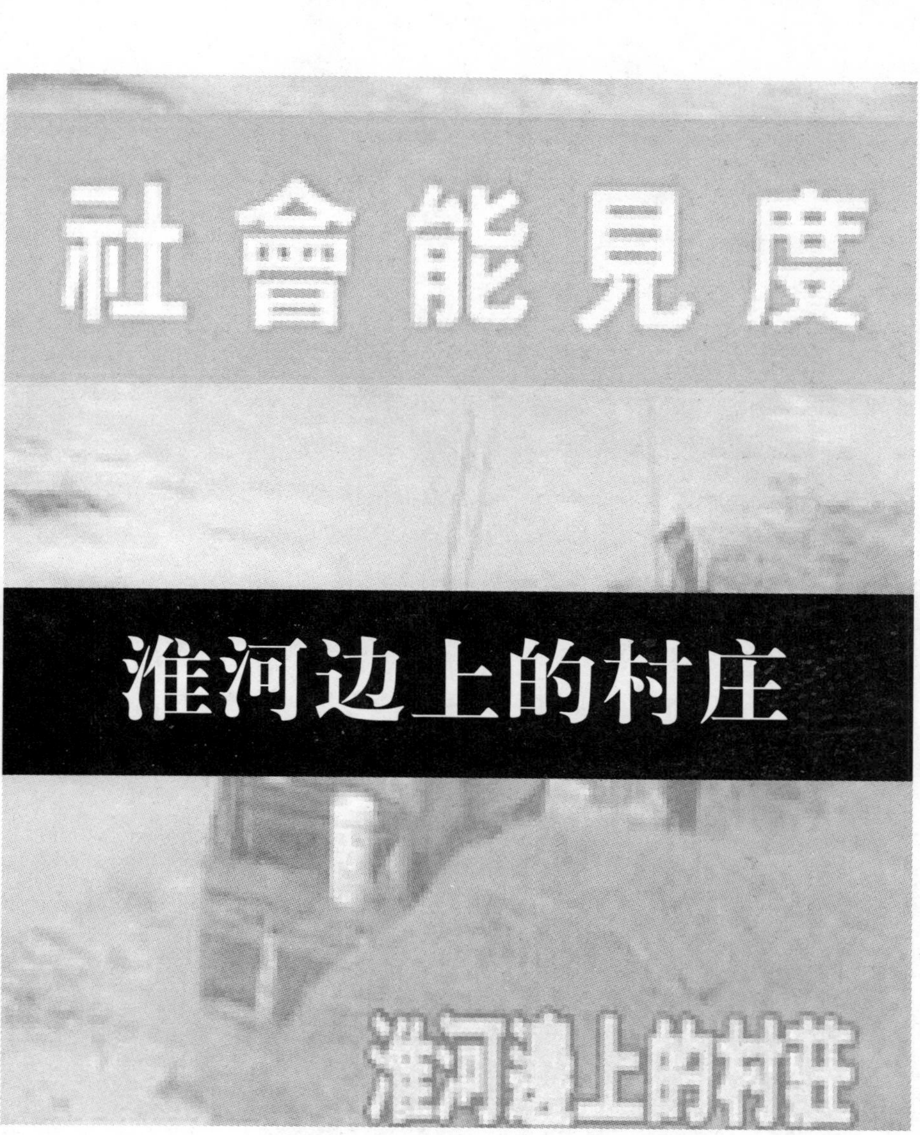

2007年7月，淮河发生了仅次于1954年的全流域洪水，给两岸居民造成了巨大的人员伤亡和财产损失。然而，在淮河人眼中，天灾远没有人祸来得可怕。这条滋养着27万平方千米土地的河流，由于长时间的污染毒化，早已经变得面目全非。人为的污染，对于1.7亿靠着淮河水生存的人来说，才是真正的灾难。

在河南省沈丘县新华街上，有两间不到30平方米的临街商铺，一间用做电脑维修店，另一间则是民间环保组织“淮河卫士”的总部。这个总部的负责人是霍岱珊。54岁的霍岱珊原是《周口日报》摄影记者。十多来年，他致力于淮河污染的调查和资料收集，向公众揭示淮河10年治污不成的真相和癌症村的生态灾难。2002年，正是在他所居住的沈丘县城周围，他首先发现了因为水污染导致的“癌症村”。

子　墨：您最初是怎么开始关注淮河污染问题的？

霍岱珊：我曾经到一个地方拍摄当地群众饮水情况。当地村民吃的是轧井水，是从8米左右、10米左右的地下轧上来的。拍摄的时候，有很多村民围观，看热闹。我问他们，水污染这么严重，你们离河又这么近，怎么受得了？这时有几个中年妇女没说话就开始哭起来，然后转身走了，擦着眼泪，一路小跑的样子。我不知道怎么回事，以为是说错了哪句话得罪人了。陪同我的人说，你不了解情况，她们的亲人，有些是她们的丈夫，都是因为饮水问题得癌症去世的。

霍岱珊看望得肠癌的老人王养贤

沈丘县位于淮河最大的支流沙颍河的源头，一度被认为是淮河流域污染最严重的地区。沈丘县孙营村是一个有大约2000口人的村庄。从20世纪90年代初开始，这里陆续发现得癌症的人家。和霍岱珊熟识的村民吴月荣指着一处长草的荒地说："这里以前是堂屋，结果爹死了娘也死了，堂屋扒了，剩下一个孩子，20岁时也死了，才死不到一年。这一家人，不到三年死了三个。"

吴月荣的左邻右舍中，最近被诊断出患癌症的邻居叫王养贤，80岁，2007年5月被诊断为肠道癌晚期。老人躺在床上，体重只剩下六七十斤，瘦得皮包骨头，胸前的肋骨条条可见。他神志虽然清醒，但是已经说不出话来。王养贤在病倒之前一直靠撑船为生，喝的用的都是淮河水。家里人说他的身体一直都很硬朗，可是就在最近几年，和他一起撑船的几个老人都因为癌症相继去世了。

记　者：老爷子得病之前身体怎么样？

孙月芬（媳妇）：身体好啊。今年春天，刚得病那会儿，大坝子碍事，他还去帮忙扒砖头呢。

记　者：什么时候确定得病了？

孙月芬：五一才确定是癌。

记　者：医生说了怎么治吗？

孙月芬：医生给他开了些药，为了让他不疼。他已经不能吃饭了，没有办法治疗，回来就滴水，一直滴着葡萄糖，消炎的。反正一天比一天严重，病不见轻，也不能走路了。他儿子打工回来，叫他住院。咋住呢，检查出病，人家就不让住了，这会儿更不让住。

王养贤并不是家中第一个患癌症的人。早在7年前，家里就有人开始得怪病。王养贤的一个孙子，开始得病时，腿有点瘸，后来越来越严重，到北京、合肥、阜阳各大医院去看，一直查不出病因，一年多后不治身亡。王养贤的三个儿子

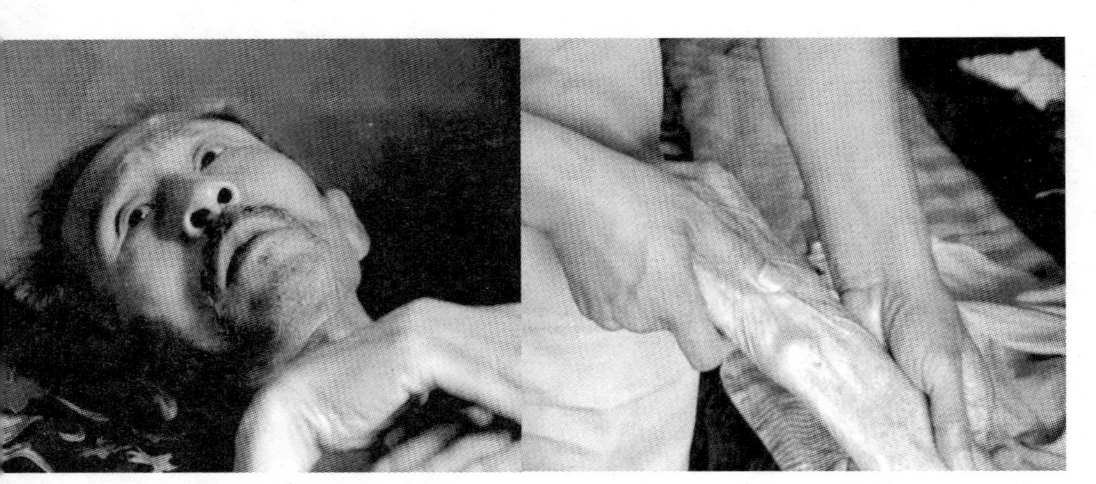

王养贤神志虽然清楚，但是已经说不出话来　　80 岁的王养贤已经瘦成皮包骨

目前在外打工，另外两个孙子还在读书，只有两个儿媳在家，全家的收入靠儿子在外打工挣钱。

记　者：这些年家里看病花了多少钱？

孙月芬：光老三孩子就花了 11 万多，都是管亲戚、邻居借的。家里的钱已经花干了，一直到现在钱都没还上，还背着债。

霍岱珊：有时候一个村庄有十几个这样的癌症病号，就躺在家里面。这次去看，他们还在非常艰难地熬着。再过一段时间去回访，很多人就已经不在了。另外又有一些人得病，躺在床上，一拨一拨的。

生在淮河边，长在淮河边，村民们怎么也没有想到，这条他们赖以生存的河水，有一天会给他们的生命带来威胁。数据显示，仅沙颍河岸边的癌症村至少有 20 个以上，癌症发病率最高达到 3.2%。在孙营村，50 多岁的潘廷运此时也躺在病床上。他在两年前被诊断为直肠癌，虽然比王养贤早发现病症，也动了手术，可是，他的情况也并不乐观。

潘廷运：你说我这种情况咋办啊？

霍岱珊：治疗啊，对症治疗，不能拒绝治疗，不吃药不行的。

潘廷民（潘廷运哥哥）：到哪个地方都说除不了根，因为这是恶性的，不是良性的。我问，动手术能活多少年？有说3年的，有说5年的，有说10年8年的，都跟你这样说。

从20世纪80年代末开始，霍岱珊就不断向有关部门反映沙颍河的污染状况。1994年，国务院颁布《淮河流域水污染防治条例》，提出1997年污水排放达标和2000年水质变清的治理目标。1997年底，淮河沿岸各地纷纷宣布治理达标。然而霍岱珊在实地考察中发现污染并未缓解，谎报达标的情况非常严重。1998年，霍岱珊向国家环保总局下属的《中国环境报》申请，得到了对淮河流域1997年达标后情况进行后续调查的委托书。拿着这份委托书，他离开了《周口日报》社，开始沿淮河拍摄、调查。他以为少则一年，多则两年，能把淮河从头到尾走上一遍，完成自己的调查使命。没想到，这一走，就再没有停下来。水污染造成的惨况难以形容。沈丘县某些村的人家已经死成"绝户"，癌症患者中甚至还有一岁的婴儿。白天，霍岱珊跟着村干部挨户去看，想哭不敢哭，心情压抑到极点。晚上回到家整理照片，他经常捧着照片痛哭失声。2002年，霍岱珊把他在"癌症村"所看到的惨况用镜头记录下来，完成了一组《污染造成肿瘤村》的组照，淮河水污染的严重情况给人带来触目惊心的震撼。

子　墨：水污染是通过什么样的途径导致这么多人出现癌症的？

霍岱珊：水从淮河里面流出来，通过干渠、支渠、毛渠，像人的血管一样，分布到每一块田地、每一个村庄和每一个坑塘，然后再下渗到地下，地下的饮用水也就成了淮河里的水。当地环保部门做过一些检测，说50米以上的地下水都不能饮用。

子　墨：当地老百姓的饮用水从哪来？

（上图）河南省周口市沈丘县沙颍河槐店大闸下游处，一名打鱼者面对泛着白沫的沙颍河无所适从

（下图）一家企业排出的红色污水未经任何处理直接流入沙颍河

霍岱珊：他们用的水都是自己打的简易井，8米、10米左右深，通过一个管道，一个轧杆，把水轧上来。

子　墨：8米到10米深的水应该还是污染的。

霍岱珊：是污染的，就是因为长期饮用这种水，对身体造成了危害。他们做了一个对比，以前的水吃了甜丝丝的，后来的水吃着涩，拉嗓子，有沉淀，有臭味，吃过以后拉肚子。而且这种拉肚子是长期的，持续的，很多人就因为拉肚子拉了一段时间，治不好，最后导致癌变，成了直肠癌。

2005年，中国启动了安全饮水工程，投入上亿元解决农村清洁水源的问题。目前，在河南省已经有了46眼深水井，解决了13万人的吃水问题，然而，这仅仅占到了河南水污染地区的1/10。

子　墨：淮河流域有多少人会受到水污染的影响？

霍岱珊：这个数字很大。我走过的地方，凡是离水源近的，凡是靠河近的，靠坑塘的，这些地方都是癌症高发区。淮河流域有27万平方千米，生活着1.7亿人，最保守的估计，也有一半以上的人受到淮河水污染的危害。

子　墨：也就是8500万，接近1亿人口。那得需要多少口深水井才能解决当地百姓的吃水问题？

霍岱珊：这简直是一个天文数字。你想，一眼井可以解决3000人到5000人的吃水问题。这么多人，（需要的深水井）确实是一个巨大的数字。

水井里打出的水呈墨绿色，臭味扑鼻，根本无法饮用

孙营村现在已被“安全饮水工程”惠及，王养贤家的那口自打井已经封掉了，改喝从村里深井引来的自来水了。但是，令村民们不安的是，河水的污染源仍然存在。

记　者：当你们慢慢发现得癌症的村民多了以后，首先会想到是水的原因吗？

杜卫民（孙营村村长）：当时不知道，没想到水会污染。后来有人说，压水井压上来的水有一股臭气，但是离沙河远的水井就没有臭气。最后知道是2005年，是乡里记者从俺这边的井水取样，水利局化验，里面有一些致癌物质比较高的东西。

记　者：以前这里的水好吗？

杜卫民：我从小在这长大，小时候在沙河里玩，水都是清的。1985年以前水基本上是好的，1990年以后开始变坏。

记　者：主要的污染源是什么？

杜卫民：上游有味精厂，也有神牛乙烯，也有搞皮革的，污水都往河里放，但主要的污染源还是味精厂。

子　墨：如果排放污水不达标，当地环保部门对这些企业就一点约束力都没有吗？

霍岱珊：还是老问题，叫作“违法的成本低，执法的成本高”。对不达标排放的处理，力度很小。政府部门也监管，他们偷排，打“运动战”，他们形象地比喻为“猫捉耗子”。就是这么一个状态。

记者来到沈丘县的前一天，这里刚下过一场暴雨，刚好能看到沙颍河边的工厂排污的状况。在沈丘县的五孔大闸前，只看到层层白沫从上游翻滚而至，河水几乎变成了黑色，空气中弥漫着一股恶臭。正在岸边捕鱼的一对夫妇说，这一段河流本身已经没有什么鱼了，只是偶尔在暴雨之后，会有从上游或一些鱼塘里冲刷进来的鱼。河水的污染程度不仅已经活不了鱼，即便是人的皮肤在水里稍微泡久一点，都会瘙痒溃烂。

记　者：一般什么时候会有泡沫？

村　民：经常会有，治理？治理的啥？基本上没有好水，都是这样的水。

记　者：以前水是这样的吗？

村　民：以前不这样。以前支大网，鱼多，打一回就能卖二三百。现在大热天我都要穿胶鞋。泡了水以后，皮肤一动就烂。我不敢下水，一下水就烂手烂脚，我还要煮饭，都是他（丈夫）下水，烂了回家就抹紫药水。

记　者：去医院检查过吗？

村　民：一检查不得要钱吗？

记　者：紫药水能管用吗？

村　民：干以后就不疼了。手脚都烂了，脚比手烂得厉害，都抹了紫药水。

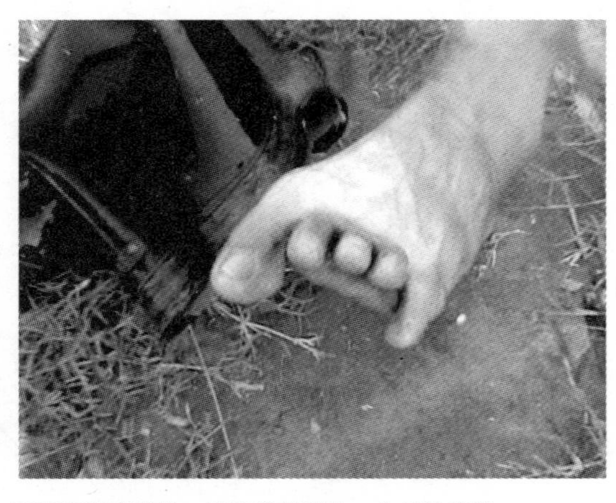

下河需要穿胶鞋，脚直接挨到水，会红肿溃烂

子　墨：曾经把淮河的水送去检验过吗？结果是什么？

霍岱珊：做过检验。1994年发生特大污染，蚌埠自来水公司在污染之后才想起做检测，结果发现有很多有毒物质，致癌物质。污染最严重的时候水质的评定是“劣五类”，里边主要是COD，氨氮，还有一些重金属。水污染会释放出硫化氢气体，这种气体我当兵的时候学过，有一种化学毒气弹散发的就是硫化氢气体，它可以使人瞬间窒息，甚至死亡。

从沈丘县出发，顺流而下，是沙颍河流经的最大一个城市阜阳。2000年，阜阳东南角的七里沟曾发生过一幕惨剧。当时水污染严重，但是村里人不知道，他们下河担水浇地，先下去6个人，被熏倒了，后边的人去抢救，也熏倒了，最后造成了6死4伤的事故。在此之后，沟边专门立起了一块碑，告诫市民远离这条“毒气沟”。阜阳市政府也曾重点整治过这条河沟，然而当记者来到沟边时，仍然不得不戴上口罩才能坚持拍摄。当年发生过惨剧的人家，如今仍然居住在离河沟不到100米的地方。7年过去了，他们还是没有盼来河沟变清的一天，他们甚至从没喝上过自来水。

记　者：您现在喝的是什么样的水？

村　民：轧的水。要烧开了以后，澄清了，喝上面清亮的水，下面都是白的、稠的东西。

记　者：村里都是这样吗？

村　民：对。烧开了，澄清了再喝。

记　者：生水根本不能喝是吗？

村　民：生水不喝，煮饭都是烧开水澄清了再煮饭。

根据村民反映，河沟的两岸有一个砖窑、一个制药厂，以及全市的垃圾处理场。一位村民说，2000年出事以后，政府来治理过，污水厂也开始运作了，但是没多久就放松了。砖窑和制药厂都是关关停停，排污问题没有彻底解决过。而生活垃圾则没有经过任何处理，紧靠河沟堆放着。

顺着七里长沟往东走，不到1000米，来到了阜阳市污水处理厂。据了解，

多年来，霍岱珊靠着一架照相机，记录淮河水污染的情况

这个污水处理厂建于2003年，规模为日处理10万吨工业废水和生活污水，其配套措施——投资2300万元建设的“污水截流工程”也在2006年正式启动。然而记者来到时，这里大门紧闭，看不到一个工作人员。污水处理厂门口一条河沟也长满了浮萍，不见清澈。

子　墨：过去13年，国家花了这么多人力、物力和财力来治理淮河，为什么就不能使那些企业的排放污水达标呢？

霍岱珊：真正解决问题，要靠公众参与。可以这么说，淮河水污染治理，10年治理未果，总结出来一条：公众参与程度低。从我的愿望来说，要让公众参与做水污染这方面的监督。只有这样才能达到时时监督的效果，才能遏制企业偷排。企业偷排不是有三十六计嘛，晴天不排，下雨的时候排；平时不排，泄洪的时候排；领导检查的时候不排，领导走之后排……他们用了许多措施，明修栈道，暗度陈仓，瞒天过海，几乎所有排污的企业都会用这些手法，就像经过培训一样。

2002年11月，霍岱珊开通了淮河卫士环保网站。2003年10月注册成立了淮河水系生态环境科学研究中心，主要工作包括宣讲、肿瘤村的救治、设立监测站、建立民间水污染灾害预警机制等。淮河卫士一网站现在有800名注册会员，但研究中心常年的工作人员，只有四五个人，分别是退休干部、退休工人、公务员和编辑。在沈丘这个小县城里，他们都不愿意公开身份。

子　墨：你们和当地政府之间的关系怎么样？

霍岱珊：这个问题不好说。地方官员也处在一种选择之中。最近几年，科学发展观贯彻落实，他们也有了可持续发展的理念，和过去几年不太一样，有所转变了。淮河水污染最严重的那几年，他们的决策都是一心一意求发展，而所谓的“发展”是超常规发展，跨越式的发展。从这些提法中可以看出他们对经济发展的渴求，但是忽视了环境保护。其实，他们并不希望有一帮人，有一个组织站在监督者的位置上，对政府进行监督。因此，民间组织的处境可想而知，我们的生存状态并不乐观。

子　墨：这些年来关注淮河问题，给您自己生活带来的最大变化是什么？

霍岱珊：整个改变了我的生活状态。我现在思想里没有其他东西，一说话就是水，看到水就想到淮河，看到好的水就会流泪。我刚刚看过三峡，看到了上游那些清澈的水，别人很兴奋，我流泪了。我拍摄淮河，关注淮河，十多年了，看到更多的是淮河水污染造成的那些恐怖场面。我期盼清水，我感觉痛心，我的心情很复杂，我流泪了。

子墨点评：

在霍岱珊的影响下，他的两个儿子放弃了原来的工作，也跟父亲一起投身于淮河的环保工作。霍岱珊说，他自己是看不到淮河水变清的一天了，他希望自己的儿子能看到。重访淮河，让我们面对他这种悲观的情绪时，却无以辩驳。为了呼吁对淮河的保护，霍岱珊一家已经用光了所有的积蓄。这让我们思考，对于淮河这条母亲河，也许我们每一个人都可以做得更多。

镉中毒

湖南省株洲市马家河镇新马村，是湘江畔的一个平凡古朴的小乡镇，居民1000多人，世代务农为生。原本这里是一个风光秀丽、山清水秀的典型乡村，然而，从2006年年初开始，这里的村民笼罩在怪病的阴影下。粮食不能吃，水不能喝，村民生活陷入恐慌……

新马村有着大片闲置的稻田。8月份，稻田本该是绿油油的，是收获的季节。而这里的稻田中却杂草丛生，没人愿意去耕种，也没人敢去耕种，因为这里长出来的稻谷已经没有办法食用了。不仅是稻谷，蔬菜、瓜果、水……还有人，统统发生了大范围的镉中毒。最严重的病例已经死亡。

子　墨：村子有多少人？

史毛秀（村民）：一千六七百人。

子　墨：尿镉超标的有多少？

史毛秀：我们村有700多人，外面还有3个居民小组，一共1100多人超标。

子　墨：这个数字是哪儿来的？

史毛秀：政府化验后公布的数字。

史毛秀是新马村村民出现大范围镉中毒后推选出的村民代表。据她介绍，村民最开始对镉的恐惧来自村里66岁的罗少坤的突然死亡。2006年正月初五，罗少坤经过两个多月的治疗，在未查出病因的情况下去世。罗少坤去世后，儿媳郑新云又将病情严重的嫂子送到湖南省劳卫所医院检查，结果发现尿镉、尿铅等三项指标严重超标，随后郑新云也进行了化验，也是严重超标。他们将家中其余7个人叫来，全都发现同样的问题。他

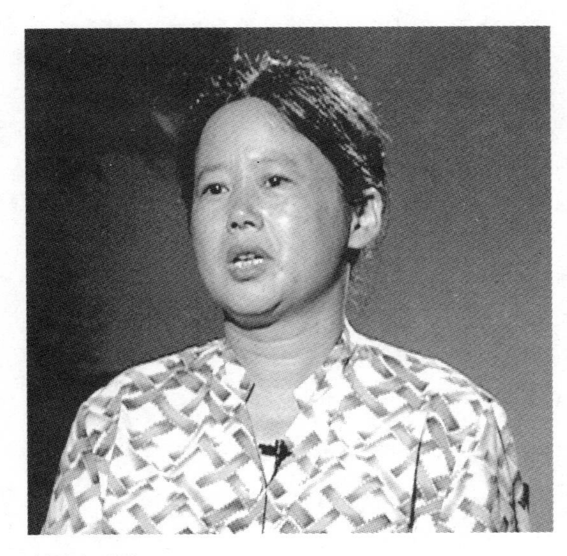

村民史毛秀

们开始意识到可能是饮用水出现了问题。

就在罗家隔壁，有一家生产摩托车货架、前保险杠等系列镀铬产品的株洲龙腾实业有限公司。据郑新云说，1998 年，龙腾实业排放的废水污染了罗家的饮水井，经株洲市环保局检测，井水已不能饮用，于是龙腾实业公司自铺水管引自来水给罗家饮用。

子　墨：当时井水出现了什么状况？

郑新云：井水是蓝色的。厂家的废水渗过来了。

子　墨：厂家有没有承认井水变蓝跟他们的污染有关？

郑新云：承认了，厂家接自来水给我们吃。

子　墨：是厂家主动提出来的吗？

郑新云：是环保局做了检测，让他们给我们接自来水。

2006 年 1 月 11 日，罗家发现他们家的自来水再次变成了蓝色，随后罗

村民做的饮用水比对。右边杯子里的水被污染后呈淡蓝色

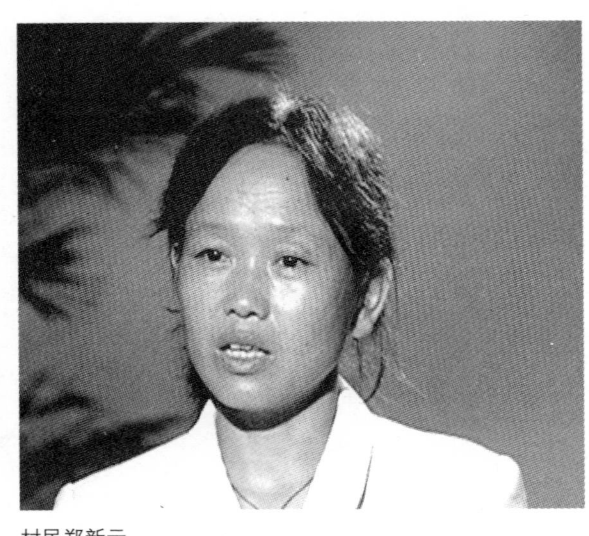
村民郑新云

家老少相继均出现不同程度的腹痛、呕吐，20天后罗少坤去世。郑新云推测，由于自来水管是从公司废水池底下穿过的，很可能是管道破损导致水又被污染。郑新云说，在罗少坤不明病情去世后，家属曾找到当地镇政府要求尸检，但政府几次找罗少坤的儿子商量不要尸检，最终尸检没有进行，罗家人得到了政府1000元的困难补助。

子　墨：你公公去世的时候有什么病？

郑新云：气管炎，肚子痛。

子　墨：和尿镉超标有关系吗？

郑新云：有。专家说镉超标可以引起气管炎、肝功能肾功能损伤、头晕、贫血啥的，反正都和镉有关系。

子　墨：这些情况你是怎么得知的？

郑新云：我们在长沙劳卫所医院得知的，劳卫所的医生办的黑板报。

子　墨：环保局对你们家的自来水检测结果是什么？

郑新云：铁超标，酸超标，镉超标。超了10倍。

子　墨：自来水超标的原因是什么？

郑新云：肯定是废水过来了。

子　墨：有什么理由怀疑是废水过来了？

郑新云：我们家和邻居进到厂里面看了，发现自来水管道是从废水当中穿过的。

子　墨：家里面几个人去检查了尿镉？

郑新云：8 个，检查结果都是镉超标。我自己超标了 26，我嫂子超标 36，其他人有 24 的，23 的，18 的……最高的是 36，最低的是 10。

无论从毒性还是从蓄积作用来看，镉是仅次于汞、铅之后污染环境、威胁人类健康的第三种重金属元素。20 世纪 30 年代，日本的公害病之一“疼痛病”就是慢性镉中毒最典型的例子，当时日本富山县神通川流域大面积暴发怪病，患者肌肉萎缩，关节变形，骨骼疼痛难忍，不能入睡，并发生病理性骨折以致死亡。后经调查研究，原因是由于神通川上游某铅锌矿的含镉废水和尾矿渣污染了河水，下游农田用河水灌溉，污染了土壤。罗家的事情发生后，村民们开始恐慌。

史毛秀：我们查了资料，镉超标、镉中毒能引起肺气肿，能致癌，能引起贫血，引起骨质疏松、抽筋、高血压、心脏病等，什么病都能引起。

子　墨：大家会恐慌吗？

史毛秀：相当恐慌。有个男孩子比我儿子大一点，今年 28 了，好不容易找了个女朋友，离我们这里十来里路，谈得好好的，准备结婚了。后来听说这地方变成污染区了，他又是严重镉超标，女方就提出来分手吧，不谈了。男孩好伤心，说他一辈子可能都要打光棍了。

村民在田地里竖起标牌

子　墨：镉超标给你们村子带来什么样的影响？

史毛秀：老百姓有些丧失了劳动力。

生产方面，就像政府宣布的，土地超标100%，蔬菜超标80%，稻谷超标93.8%。我们是稻谷不能吃，水不能喝，蔬菜不能吃，土地不能耕种，老百姓几乎不能生存。

村民们几乎一致认为，镉中毒源自水源被污染，而污染方就是位于村内的民营企业株洲龙腾实业有限公司。2006年4月，株洲市天元区政府查封了龙腾实业有限公司。5月上旬，这家企业在晚上偷偷开工，愤怒的村民自发组织起来跑到厂内，将大门、楼梯、玻璃等纷纷砸碎，随后进入厂内暗查，结果查出了4口暗井，正是这4口没有任何排污处理的污水井污染了地下水。

子　墨：你们怎么知道厂内有暗井？

史毛秀：事情暴露以后，这么多人镉超标，当地老百姓就把厂子砸了，砸了之后到处查排污口，找不到。有个挖井的叫胡志军，说他能知道，里面肯定有暗井。结果一查有4个井，其中一个有十来米深，上面被他们用一些东西遮住了，东西拿开以后，发现废渣废水全在里面。老百姓很气愤的。

村民介绍说，还有一部分的废水，龙腾实业有限公司用一根大管子直接排放到了湘江里。经污水冲刷过的土地上寸草不生，而在排污口附近居住的村民连着几家有人因为癌症去世了。其中一位年仅36岁，一个年前患肝癌去世。另外一户人家的儿子肝肾功能萎缩。住在附近的刘桂安的小女儿目前因为镉中毒，在湖南省儿童医院进行治疗。

子　墨：最早株洲市人民医院对你女儿的病情是怎么诊断的？

刘桂安：我女儿在株洲人民医院治疗了5天，没有一点进展，医生也挺着急，建议我转到规模大一点的医院去治疗。我问他，我女儿到底得的什么病？

他说，你女儿可能有三种毛病，第一镉中毒的可能性比较大，第二肾脏功能严重受损，第三是溶血性贫血。但是查不出原因，不知道是什么导致的，因为他们对镉中毒也不是很了解。

子　墨：那 5 天当中女儿的病情是继续恶化吗？

刘桂安：病情一天比一天严重，血红素从 8 点降到 7 点降到 5 点。

子　墨：5 点意味着什么？

刘桂安：意味着我女儿随时会失去生命。

子　墨：转到儿童医院有多久？

刘桂安：7 月 27 号转到儿童医院住院，住了十多天了。

子　墨：身体有所恢复吗？

刘桂安：早两天病情突然恶化了，全身浮肿，人躺在病床上根本不能够动弹了。我当时好伤心，觉得我的女儿可能要失去了。

子　墨：女儿病危和尿镉超标有关系吗？

刘桂安：医生不给我出这方面的证明，材料都不给我看。他只是告诉我，我女儿病危了，给了我一个病危通知书。

资料表明，镉中毒是一种由环境污染引发的疾病，在人体中的潜伏期可达 10 ~ 30 年，是一种慢性中毒疾病。会造成肝肾功能的严重损害，多数病人有贫血症状。根据国家规定，人体中尿镉含量不能大于 5ug/g，而新马村村民尿镉含量超过 15ug/g，属于严重超标的就有 400 多人。

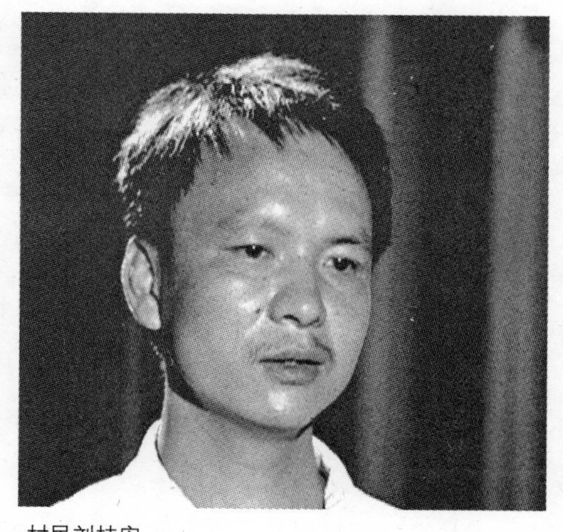

村民刘桂安

据村民自己统计，从 2003 年

到现在，新马村共有18人得了癌症，其中17人已经死亡。新马村的情况引起了当地政府的注意。政府分批组织村民进行了体检，1100多村民被证实已经镉中毒,但是这些已经镉中毒的村民中大部分的人都没有看到自己的检测结果。

子　墨：检查分几天进行的?

史毛秀：头几次是50个一检查，后来是普查，每个人都查，结果15以上的有460多个，15以下的有600多个，5以上15以下的有400多个。

子　墨：参加检测的人当中有没有没超标的?

史毛秀：有这样的情况，小孩的超标点数不怎么高，人数也不多。不过我们老百姓对此有点怀疑，因为第一批体检的时候，有三个小孩混在大人里面一起查，查出来一个是25点，一个是21点，还有一个是24.8点。三个小孩的大人一听小孩也超标了，那个神情简直就要疯了。结果后来检查就没有看到小孩超标的了。

子　墨：什么样的人能拿到检测结果，什么样的人拿不到检测结果?

史毛秀：开始查的170人拿到了结果，化验结果是我们到卫生防疫站复印出来的。后来的1000多人都没有拿到化验结果，只有一个序号。

子　墨：那170个人的检测结果是什么样的情况?

史毛秀：超标高的有27点，最低的也有5.13点。但这个结果很难说，第一批念出来的那个彭必云，只有23点，可是到了省劳卫所复查的时候，血镉是30.06点。

子　墨：村里所有人都被检查了吗?

史毛秀：不是，我们村一共16个村民小组查，其中有4个小组没有普查，每户只抽了一个人检查。龙腾公司是我们村最高的位置，他们4个组离得比较远，政府就每户抽一个人去检查，结果每个人都超标。

刘桂安的家距离龙腾实业有限公司比较远，因此他们家只抽取了他爱人去检查，最后也没有拿到检查结果，只是被告知属于严重超标一类。他的小女儿在治疗过程当中，刘桂安自己出钱进行了检测，检测结果是尿镉18.2ug/g，属于严重超标。他的大女儿也出现了身体不适的状况，但是刘桂安已经不敢再面对两个孩子全部得病的现实。

子　墨：大女儿也会尿镉超标吗？

刘桂安：我也担心这个，但是不敢往这方面想。为了小女儿，我已经筋疲力尽了，我不敢想象大女儿（也有病），都不敢想。我只是带她到乡卫生院做了常规检查。我大女儿老说肚子痛，医生说她左边的肾有囊肿迹象。我当时听了，无法接受这个事实，我希望这一切都是假的多好。

子　墨：可是大女儿已经有了肾囊肿，不给她做检查，万一以后病情再严重呢？

刘桂安：这个我也考虑过，但是经济不允许，小女儿随时有生命危险，现在不允许我再分精力财力去给大女儿做尿镉检验了。

新马村出现的大面积镉中毒事件也引起了各级环保部门的重视。某部门的专家前来取了土样、水样以及蔬菜、谷子的样品，拿去化验。一个多月后检测结果出来了，但具体检测数据截留在镇政府，对村里只有口头通知。口头结论大致为六点：

1. 空气含镉高；

2. 土壤本身含镉；

3. 龙腾公司排污口及周围土壤含镉高于新马村其他土壤；

4. 谷物及叶子菜不能吃，只有瓜果能吃；

5. 水中不含镉；

6. 龙腾公司的排污不达标。

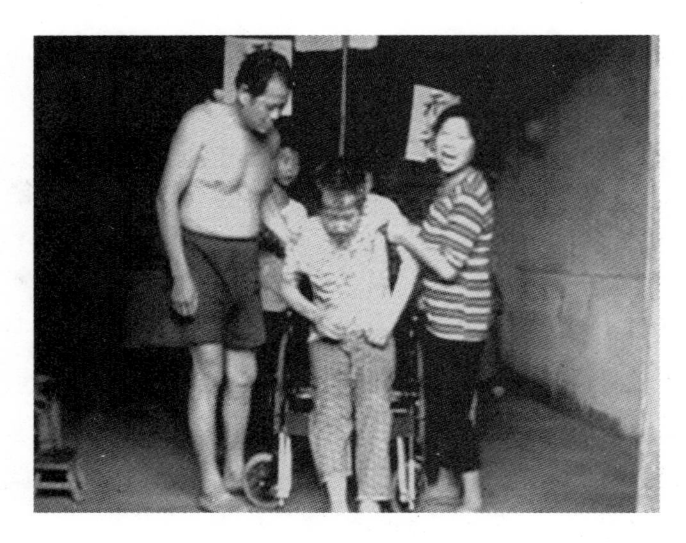

中毒的老人已经无法行走

子　墨：有没有人告诉你们生活中应该注意什么？

史毛秀：政府告诉我们，说当地的大米不要吃了，带青叶子的蔬菜不要吃了，最好连土地也不要耕种了。听说瓜果的超标好像少一点，但是化验只说青叶子蔬菜不能吃，瓜果能不能吃，我们也不知道。

子　墨：水的问题怎么解决？

史毛秀：政府宣布水是能吃的，我们老百姓有一点信不过，又没有给我们看化验结果。以前听说化验了100多口井，好多井里的水都不能吃。但是化验结果不给我们看，硬说水能吃，我们老百姓也不敢吃，因为水打出来以后，是紫蓝色的。

2006年4月12日，当地政府要求村民停止饮用地下水，改为每天几次为村民免费不限量地发放纯净水。但是政府的送水行动在3个月后就停止了，宣布这里的地下水又能喝了。村民都信不过，他们不敢喝自家井里的水，大部分人家每天一个重要工作是到外面去打水或者买水，但这样的水只能用来喝，洗漱等生活用水还是用的自家井里的水。

子　墨：政府那段日子每天送多少水过来？

史毛秀：8 车子吧，市里的洒马路的车子，8 车。

子　墨：够用吗？

史毛秀：还可以。

子　墨：为什么会停掉呢？

史毛秀：说这个水能吃了就停掉了。

子　墨：水能吃吗？

史毛秀：老百姓不放心。有的托熟人去化验，发现镉超标、铅超标。化验的人说，这水千万不能吃。现在我们要从几千米以外的地方挑水吃。有摩托车的，就买个塑料水桶，搭在车上，运水回来吃。“水土水土”，息息相关的，土不能耕种水能吃吗？污水都流到我们井里去了，老百姓不敢吃的。

子　墨：外面买水要多少钱？

史毛秀：25 千克一桶的水，一元一桶。

然而，土地不能耕种，买水需要花钱，村民的生活难以维持。新马村的部分村民就以便宜的价钱把有毒的农作物卖到市区去，然后再从市区以市价买上足够食品回家，被污染的食品正在扩散。政府尽管也采取了一些措施试图阻止村民的这种做法，但求生的本能使得良知已经变得不那么重要。

子　墨：村里有多少人把自己家里的菜拿到外面去卖？

史毛秀：我们有个居民点专门以种菜为主，他们全部把菜拿到外面去卖，大概有几十户人家吧。还有其他地方，有一半以上的村民全靠卖菜为生。

子　墨：有人买你们的蔬菜吗？

郑新云：有，挑到市里面去。

子　墨：为什么自己家里人不敢吃？

郑新云：市环保局说有毒。

子　墨：那你卖给别人呢？

郑新云：我没有办法啊。

子　墨：政府阻拦过吗？

史毛秀：阻拦过，让我们不要把菜拿到市场去卖。城里人说，新马村的菜卖到我们市里，毒我们的居民。就到市政府去闹，政府发号施令，让乡政府把我们的菜都收了，收走一车子一车子的，都扔掉。但是老百姓为了生存还要接着卖菜。

子　墨：这样做不觉得违背良心吗？

史毛秀：良心是违背了一点，但是政府解决了我们的问题，就不会这样卖菜了。不然老百姓以什么为生？政府不解决问题，我们没有办法。

子　墨：有没有想过别人吃了这些菜会怎么样？

史毛秀：想过，但是我们没有办法啊。如果政府帮我们解决问题，或者让我们吃低保，或者一户人解决多少钱，我们就不会种菜卖菜了。我们老百姓怎么办啊？没有办法，还是要依靠政府，政府能解决就解决，不能解决我们可能会上京告状，我们得生存。

子　墨：向政府反映过这些问题吗？

史毛秀：反映过，我们上访市政府已经6次了吧。

子　墨：政府的答复你们满意吗？

史毛秀：肯定不满意，满意我们就不上访了，一去就是五六百人。

子墨点评：

对于我们的到来，新马村的村长和书记似乎并不欢迎。不知道出于什么原因，两个人都婉言谢绝了采访要求。事实上，新马村的村长和他自己的儿子都是尿镉超标。而且村长还曾经公开地表示，他最关心的就是孩子们在将来出现性功能方面的障碍以及有毒的食品正在向外扩散的问题，因为谁都不知道在市场上出售的稻谷和蔬菜会流向哪里？又会危害到哪些人群？但愿新马村的村民可以早日了解到污染的真相，并尽快得到及时有效而且是合理的救治。

断落的手指

——珠三角工伤报告

“东西南北中，打工到广东”。这句流行于20世纪80年代中国大陆的顺口溜曾经激励数以千万计的人奔赴改革开放的热土——珠三角。20多年过去了，珠三角的经济取得了腾飞式的发展。与此同时，这里的一些企业也变成了“每个毛孔都滴着血和肮脏的东西”的血汗工厂，沦为了一个又一个打工者的伤心之地。

谢泽宪，广东商学院社会工作系教授。近年来，她带领上百名学生，对顺德、中山、东莞、惠州、深圳和广州6个珠三角城市的39家医院、582位工伤患者进行调查走访，结果触目惊心。据统计，仅每年发生在该地区的断指事故就达3万宗，被机器切断的手指头超过4万只。他们历时3年实地采访写就的《珠三角“伤情”报告》仅仅揭开了事情的冰山一角。

子　墨：您什么时候开始有了对珠三角的工伤情况进行调查的想法？

谢泽宪：2002年9月，我觉得这个事情已经非常严重了，就放下了手头工作去了解真相。之前看过一些资料，说顺德、中山、东莞、惠州等城市的工伤情况最严重，尤其是东莞和深圳。这两个城市的外来人口比例很高，深圳1000万人口中，有户籍的人口只有100多万，80%以上是外来流动人口。

子　墨：为什么受工伤的都是外来人，本地人口的受工伤可能性很小？

谢泽宪：珠三角的经济是靠“三来一补”（即来料加工、来样加工、来件装配和补偿贸易）起步的。政策的开放，香港和台湾资金的注入，使这些当时以农业为主的城镇迅速工业化，迅速致富，迅速繁华。这个过程很短，不到20年。

广东商学院社工系教授
谢泽宪

大量外省农民离开自己的家乡来到这里，形成所谓“民工潮”。机械制造业第一线的产业工人现在都是外来人口，本地人几乎不做这个事情。按我的研究，不光珠三角，整个广东省的绝大部分劳动力都来自外省。本地劳动力与外省劳动力相比，是一个很小的数字了。珠三角的经济就是在民工离乡进城与外来资金不断注入的刺激下发展起来，出现了诸多我们以前看不到的现象。

这种以前不易看到的现象，就是大面积和频频发生的工伤事故。据统计，珠三角 71.8% 的企业发生过工伤，工伤数字以每年 3 万～ 4 万人的速度增长。其中，来自农村乡、镇和县城的工伤者分别占工伤者总数的 70.2%、15.4% 和 10%，城市户籍职工受工伤的只占 4.3%，大城市的工伤者占 1.6%。

谢泽宪：工伤情况非常严峻，而且面积很大。据我们的调查，70%以上的工厂都有工伤问题，且工伤比例很高。这些受伤者的平均年龄只有 26 岁，多数未婚。也就是说，他们刚开始在人生路上起步，就遭遇到了工伤这种残酷的伤害和打击。此外，86% 的工伤者都是男性，因为男孩子从事机械制造业的比较多，珠三角又是世界性的制造业基地，男工比女工多。我们调查的行业如小五金、家具等，这些行业的受伤者大多是男性。

子　墨：受伤的部位集中在哪儿？

谢泽宪：手指和手臂。机械制造业主要用手。

发生工伤最直接的原因是机器压伤和割伤，受伤部位最多的是手指。在谢泽宪调查的 582 名受伤者中，401 人手指受伤，占受伤者总数的 69%，受伤手指 765 个。1998 年，仅深圳龙岗和宝安两地对外公布的断指个案就 1 万多宗。然而令人心酸的是，每天冒着断指危险工作的工人们的报酬竟少得可怜。根据广东省总工会 2005 年初公布的一项调查显示：珠三角 76.3%的进城务工人员月工资水平处于 1000 元以下，1001 － 1500 元占 17.5%，501 － 1000 元占

63.2%，500 元以下占 13.2%。而他们的生活成本却达到每月 500 元左右。

子　墨：受伤的工人的收入水平高吗？

谢泽宪：工资水平似乎比农民工还低。平均可能在 700 多元，甚至低于这个水平，挣 100 多的也有。

子　墨：为什么他们的工资会比农民工还低？

谢泽宪：工伤受伤者这个群体可能多是刚刚进城，没有技术，年龄又小，资历又比较浅的人。因为工资水平跟他的技能水平和岗位相关。那些容易受伤的人普遍没有自我保护能力，缺乏城市阅历和工作经验，学历可能也比较低。所有这些因素加起来，使他们成为弱势群体中的弱势群体。

工伤事故频发的原因首先是部分企业机器设备陈旧老化。很多在国外被淘汰的机器设备却被珠三角“引”了进来。据媒体报道，法院对深圳一家港资企业进行查封拍卖时，发现该企业的设备是 20 世纪 20 年代出厂的，已经没有任何价值。此外，工人缺乏技术培训、仓促上岗，也是事故发生的重要原因。据统计，在珠三角地区工作一年内就发生工伤的占 75%。其中，新上岗仅一个月就发生工伤的占 14.8%，上岗几个月之内发生工伤的占 31.1%，上岗一年左右发生工伤的占 29.2%。工伤发生最多的行业是五金（32.3%）、家具（13.1%）、电子（8.1%）和建筑业（5%）。40 多岁的老王，刚从湖南老家来广州打工不到一个月，就发生了惨剧。

子　墨：您伤到哪儿了？

老　王：手指。

子　墨：怎么伤的？

老　王：我做皮带的插扣。两个指头被铡断，剩下三个。

子　墨：受伤的一刹那，心里怎么想？

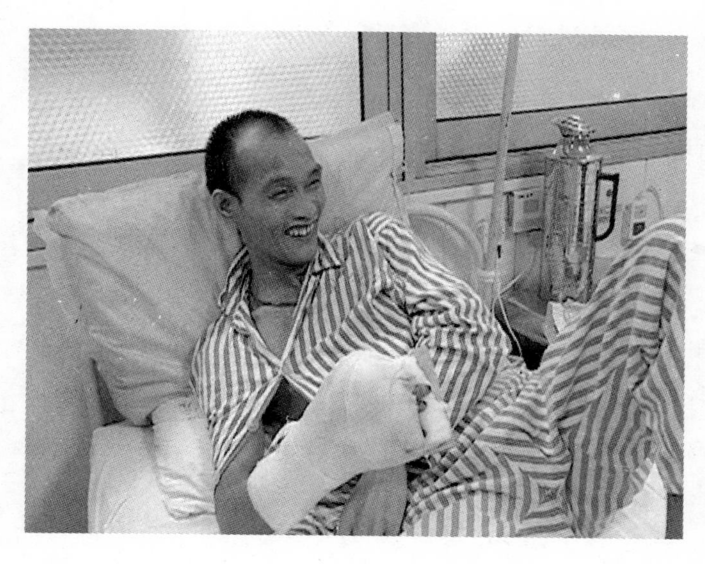

断指的工人面带笑容接受采访

老　王：什么也没想，疼得要死。

子　墨：之前做过这样的工作吗？

老　王：没有。

子　墨：这份工做了多久？

老　王：十多天。

子　墨：之前有人给你做过培训吗？

老　王：没有，只是跟着做熟的工人做了几天。

子　墨：您一天工作多少小时？

老　王：12 个小时。

子　墨：一周几天？

老　王：7 天。

子　墨：有休息的时候吗？

老　王：没有。

子　墨：您知不知道这超过了法定劳动时间？

老　王：不清楚。只有停电的时候，放假一天，不停电就天天做。

子　墨：每月能挣多少钱？

老　王：三四百块，没多少钱。

珠三角地区农民工月工资12年来只提高了68元。13.2%的进城务工人员入不敷出，63.2%的人没能攒下多少钱。52.4%的进城务工人员每天劳动时间超过8小时。为了挣钱，他们只能靠加班。报告显示，66.3%的被调查者每天工作超过8小时，日平均工作时间为10.18小时。超过五成的打工者经常加班，加班的时间最短1小时，最长8小时。超过七成的被调查者没有任何休息日。

谢泽宪：工人很累，长时间工作，经常加班，几乎没有星期天。不休息，机器也会出故障，何况是人。劳累容易走神。

子　墨：您调查的工伤者一般每天工作多长时间？

谢泽宪：一周7天，每天12个小时以上。

子　墨：这跟《劳动法》是冲突的啊。

谢泽宪：《劳动法》管不住。

子　墨：难道工人没办法保护自己的权利吗？

谢泽宪：你不干，只能走。实际上只要进了厂，要走都难，老板不让你辞工，厂方押着你的钱和身份证。比如你干了俩月，他不给你钱，走的话，俩月就白干了。所以工人也怕辛苦挣的钱到不了手。工厂老板完全从自己利益的角度出发，很不道德、很卑劣。现在整个珠三角劳动密集型企业的工人像走马灯一样，留不住人。

20多年的发展，珠三角地区不但没有摆脱劳动密集型产业的发展道路，而且在一定程度上复制了资本主义原始积累时期的残酷和血腥。加上一些政府官员与投资者的利益关系，使当地打工者的生存状况持续恶化，使越来越多的民工选择抛弃珠三角。2004 年开始，广东的“民工荒”现象有增无减，影响到当地经济的可持续发展。有学者认为，出现这种现象的原因在于：文化缺位。无论是企业老板对于企业文化，还是当地官员对于人权维护，抑或是劳工的自我维护，都显得粗陋和短视。人们只认钱，不认别的。文化的缺位，使珠三角的经济发展成了无源之水、无本之木。

子　墨：工伤这么频繁，深层次的原因是什么？

谢泽宪：珠三角地区很多小企业的老板都是洗脚上田的农民，没有办工厂、办企业的经历，管理素质低下。工人自身也有问题，从农村青年到城市产业工人的转型，其实是很痛苦的过程。没有任何人帮他，靠他自己，靠他用生命、血肉、痛苦完成这样一种不合理的、悲惨的转型，代价非常大。

子　墨：现在有一种观点认为在经济高速发展和社会转型的过程中，有一些人不可避免地要付出代价。

谢泽宪：为什么要是农民工？为什么不是全国每个人都付出？为什么你不付出，他应该付出？为什么大家都熟视无睹，觉得这种付出是应该的？为什么替工人打官司的律师那么少？全国只有不到 10%的律师帮工人打官司，90%的律师都去帮富人打官司了，因为工人根本付不起钱。当然这里的“工人”还要打引号，我叫他们“泥领工人”，他们甚至连“蓝领工人”都不是，农不农、工不工、人不人、鬼不鬼地活着。我觉得把他们当工具不符合和谐社会的构想。

子　墨：工人受伤之后能得到医疗救治吗？

谢泽宪：按我的判断，绝大部分人得到了基本的医疗救治。

子　墨：什么是基本医疗救治？

谢泽宪：就是及时把你送到医院，然后治疗，然后出院。

子　墨：医疗费谁付？

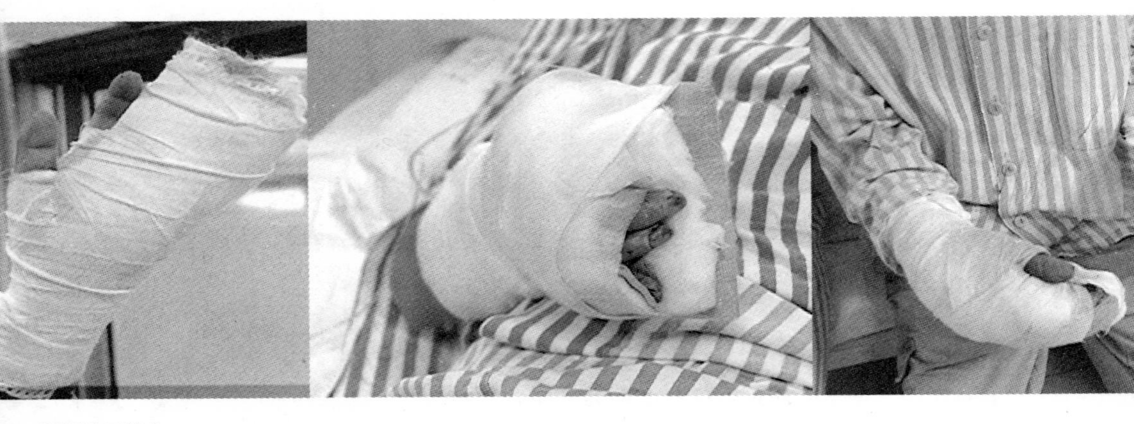

断指触目惊心

谢泽宪：如果企业给工人买了工伤保险，医疗费用是保险公司付70%，老板付30%。如果没买保险，所有费用都由企业自己出。

子　墨：如果老板不付钱，医院会给他们救治吗？

谢泽宪：肯定不会。

子　墨：遇到这种情况怎么办？

谢泽宪：只能出院。

发生工伤事故最多的是个体工商户和私营企业，比率高达53.9%，台资、港资等“三来一补”企业工伤率位居第二，占37%。而在这些工伤高发的企业里，超过六成的工人没有签订劳动合同，八成以上的企业根本不为工人缴纳工伤保险费。工伤者所在企业建立了工会的只占11%。绝大部分工伤者没有按规定获得医疗期间的工资，正常发了工资的企业只占20.3%，减发工资的占16.4%，没有发工资和不知道有没有工资的分别为24.5%和38.5%。

子　墨：工人上班之前会签一份对工伤有所保障的合同吗？

谢泽宪：60%以上的人没有合同。就算签了合同，也不会牵扯到工伤问题，老板会回避这些问题。

子　墨：为什么那么多人不签合同就开始工作了？

谢泽宪：主要是因为劳动力过剩。一个工人当着我面说，他所在的那个厂天天招工。为什么？因为老板不怕招不到工人。他说三只脚的蛤蟆不好找，两条脚的工人到处都是。工人的生存状况与劳动力过剩有关系。这种情况下，如果没有社会福利保证，如果社会力量不介入的话，他们为了生存会迫不得已，即便是火坑也要往里跳，根本不能保证自己的尊严。

中国已经成为世界上工伤事故最严重的国家。虽然《职业病防治法》、《工伤保险条例》、《工伤认定办法》等一系列法律、法规相继出台，各级司法、执法部门加大了劳动监察力度，社会福利、慈善救济、法律援助等制度体系日益完善，但所有这些因素加起来，还远远没有构成一张强大的、真正能够保障工人利益的保护网。伤残工人的命运不仅悲惨，而且无助。

“伤者能否得到外界帮助和支持”的调查显示，朋友、老乡、同事、家人对工伤者的关心程度非常高。而维护社会公正的政府、维护工人权益的工会、维护女工权益的妇联等机构，理论上应该是工伤者最强大的后盾，事实上，来自它们的关心还显得不足。没有人、没有机构告诉他们应该享有什么样的权益，将近 80% 的工伤者根本不了解伤后如何获得相应的赔偿。很多企业对因工致伤致残者弃之如敝履。就算少数人试图通过法律途径解决纠纷，他们又面临着工伤鉴定举证困难、法律援助申请条件繁琐、司法程序漫长等诸多具体问题，维权之路举步维艰。

子　墨：有工伤者公开要求赔偿的吗？

谢泽宪：有，但据我了解，公开提出赔偿的比率不高，而且通过法律途径要求赔偿这条路很少有人走得通。受伤的工人没钱，没自信，没精力，没时间——打官司是要时间的，而且缺乏法律信息，不知道去哪里讨公道，不知道谁能管这个事。他们本身就处在危机中，还得靠自己处理好危机，他们

厂区附近成群结队的女工

有这个能力吗？真正拿起法律武器是需要很高成本的，他要衡量自己是否有这个能力，是否能支付得起。有的官司虽然非常艰难地打赢了，但是老板不给钱，执法更难。

子　墨：工伤这么频繁，会带来什么样的后果？

谢泽宪：这涉及整个国家和企业的经济可持续发展问题。因为工伤的根本原因是不可持续的经济发展模式造成的。尽管中国的劳动力过剩，但劳动力也是中国最宝贵的资源。它的宝贵性超过水资源、油资源和其他不可再生资源。人是追求价值、追求意义的群居动物，人不可能脱离群体而独自存活。目前这个群体面临的却是这种状况，这会影响到整个人群的生存。很简单的道理，所有财富都是人创造的。如果我们不爱惜人、不珍惜人，我们还能珍惜什么？

珠三角的加工制造业园区一片繁荣。珠三角大大小小的医院的手外科同样是一幅忙碌景象。在互联网上搜索断指医院，可以得到近千条介绍，绝大多数都位于珠三角。其实内地医院也有手外科，但大多设在骨科中，单独设科的极为少见。而在珠三角，甚至连小城镇的医院都设有专门的手外科门诊。虽然从医疗技术上说，算不上全国最好的，但从临床技术来看，这里却是全国领先。手外伤的诊治量太大，当然临床经验丰富。

在一家比较擅长治疗手外伤的医院里，病房、走廊、楼梯口……甚至连护士站里都躺满了病人。据说医院平均每天收治10例左右的工伤者，而因为床位有限和医疗费的问题，每一个手指移植或截肢的工伤者平均的住院治疗周期仅为两周。20多岁的小武来自贵州，一周前他的左臂在医院接受了截肢手术。

子　墨：你受的是什么伤？

小　武：电伤。钢筋不小心触电，我被电伤了。

子　墨：小臂完全截肢吗？

小　武：是电熟了。腿上也有伤，皮肤被电熟了，现在要植皮回来。

子　墨：你从事什么工种？

小　武：建筑。

子　墨：发生这样的事故是自己不小心还是其他原因？

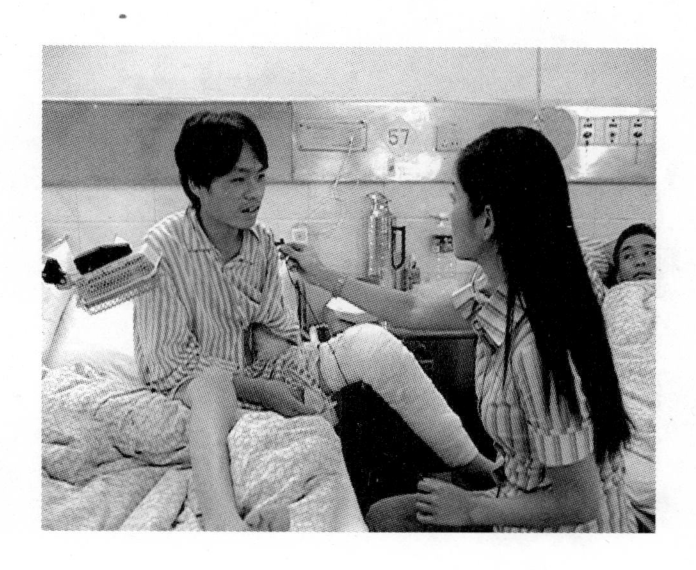

20出头的小武左臂被截肢

小　武：是我不小心。我不知道外面有一条高压电线在那儿。

子　墨：做这份工有多长时间了？

小　武：两三年。

子　墨：之前受过工伤吗？

小　武：受过，曾经从楼上摔下来过。

工伤者绝大多数是来自全国各地的农村青年。他们怀着希望进入城市，辛苦的付出不仅没能改变命运，反而要拖着伤残的躯体返回农村。时代的车轮滚滚向前，携裹着残弱者的血和泪。工伤问题不仅会影响到当地经济的发展，也迟早会演变成为外省农村的可持续发展问题，演变成不可小视的社会治安和社会稳定问题。罗尔斯的《正义论》说："正义是社会制度的首要价值，正像真理是思想体系的首要价值一样……每个人都拥有一种基于正义的不可侵犯性，这种不可侵犯性即使以社会整体利益之名也不能逾越……正义不承认许多人享受的较大利益能绰绰有余地补偿强加于少数人的牺牲。"

子　墨：医生有没有告诉你手臂和腿将来会怎样？

小　武：说以后装个假手，腿不一定能正常走路。

子　墨：那肯定不能正常工作了。

小　武

小　武：已经变成残废了。

子　墨：想没想过以后生活怎么办？

小　武：想过，走一步看一步，反正有吃就吃，没饭吃自己再想办法。

子　墨：如果自己没有能力挣钱，能依靠谁呢？

小　武：依靠爸爸妈妈，以后他们不在了，我不知道靠谁。

子　墨：爸爸妈妈多大年纪？

小　武：60 多了。

子　墨：他们做什么呢？

小　武：种田。

子　墨：你受伤以后爸妈怎么说？

小　武：爸爸说我用手吃饭都难。

子墨点评：

中山大学的曾飞洋教授曾经估算过，在珠三角地区每年发生的工伤断指事故大概是30000起，其中被机器切断的手指大约是40000根。40000根手指是一个令人震惊的数字，它充分反映了工伤已经成为了珠三角的企业普遍面临的问题，而高速发展的GDP曾经一度掩盖了这个严重的社会问题。但愿在未来珠三角地区经济的蓬勃发展不要再以民工数以万计的手指来作为代价。

辛酸暑期工

未到合法打工年龄，却从事着超强度劳动。没有劳动合同，权益受侵害时无从诉说。工作环境恶劣，花季少女打工五天就走上黄泉之路。广东东莞，每年有多少这样的暑期工？是谁把学生送进工厂？他们在打工期间经历了怎样的生活？

珠三角地区是中国经济增长最快的地区之一，随之而来的是当地对劳动力的大量需求。于是，未成年的学生暑期工渐渐形成一个庞大的群体，他们活跃于厂房、车间，怀着锻炼自己或赚取生活费的目的走进工厂，却往往遭遇劳动强度过大、不签劳动合同、被中介公司欺骗等问题。刚刚满16岁的梁晓雯就是其中的一员。2007年6月24日晚，初中毕业考试刚刚结束，梁晓雯就登上开往广东东莞的班车。她打算利用暑假打工，为自己上高中攒点学费。这是她第一次出远门，打工的事也没有跟家里任何人提起。直到6月26日，她进入东莞普笙集团股份有限公司的塑胶厂上班后，才给家里打了一个电话。

梁　平（梁晓雯父亲）：她把到工厂打工的事情跟我说了。我说，你怎么这个年龄去打工，你又没身份证，都不够打工年龄。她说，没关系，是学校带队的，有个老师在那里，叫我放心。

梁晓雯家住广东省茂名市，是该市第11中学的学生。父亲梁平1996年因为一场意外，下肢瘫痪，家里的经济状况急转直下。全家经济靠母亲谭月华每月打零工挣来的200多元支撑。由于家里困难，梁平把女儿梁晓雯送到了哥哥家寄养，只有周末才跟女儿见上一面。

梁　平：她很懂事，在家里经常安慰我。她让弟弟用功读书，说家里穷，你要努力读书考大学，我读完高中能考上大学就读，考不上就出去打工，供你读大学。

和梁晓雯一同出去打工的还有梁春梅、梁雨萍等20多个同班同学。他们都是在当地一所名为“华南机电工程学校”的组织下去的。据梁春梅回忆，他们进入工厂上班时，“没有培训，也没有说注意事项，就让我们直接进喷漆车间”。梁春梅被分配清洁机器零件，上白班。梁晓雯和梁雨萍负责打磨砂，上夜班。

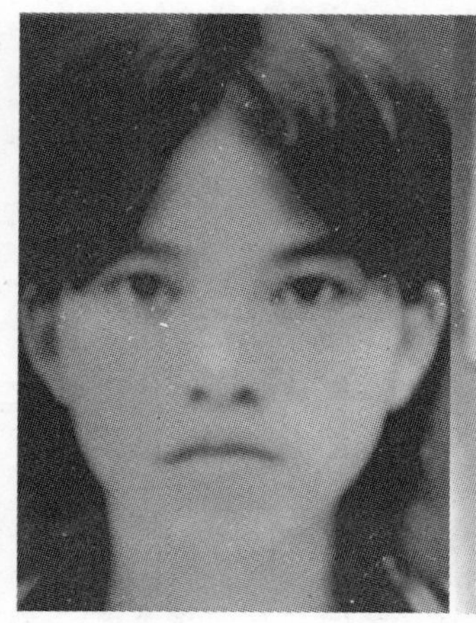

梁晓雯照片

梁晓雯班级的合影

不到一个星期，梁晓雯就得了感冒。

梁雨萍：有一次我看见她冲感冒冲剂喝。我问她，你的水怎么是黄色的？她说，我感冒了。

记　者：她跟你说过想休息请假之类的话吗？

梁雨萍：她很勤劳的，我觉得她不会请假。

梁晓雯一开始认为自己能挺过去。可是没几天，感冒就加重了，她向班长提出请假，遭到拒绝。与她一同进厂的梁春梅这时也生了病，请假休息也被拒绝。梁春梅说，他们工作的车间有很多塑胶制品，“刚进去的时候觉得很难闻，喘不过气”，但也没人给他们分发口罩等劳保工具，只能慢慢适应。

梁春梅：我第一次跟班长说，我病了，要去看病。他说不能请假。不给我批假。到了第三天，我实在忍不住了，还是向他请假。他说，请假可以呀，那你今天要加班，加到（晚上）11 点多，没有加班费。

从最初的感冒、发烧，一直到7月7号晚上，梁晓雯全身缩成一团，差点晕倒在流水线旁。班长这时才终于批准她去休息。可是晓雯的病情却急转直下。同学们找到了带队老师龚老师，要求给晓雯看病，得到的答案是“没有钱”。他们不得不给晓雯的家人打电话。

梁　平：7月9号她同学打电话回来说，晓雯病重。当时我大哥的两个女儿在东莞打工，我就叫她们去厂里接晓雯。

梁晓雯在家人的照顾下住进了东莞一家医院，住院期间一直高烧不退，医院也查不出原因。梁晓雯的大伯梁生此时也赶到了东莞。因为事发突然，梁家在东莞又无依无靠，承担不了昂贵的医药费。梁生想到，既然人是在工厂里生病的，那么工厂应该负起责任。

子　墨：晓雯当时病成什么样子了？

梁　生：相当厉害，乱说话，发高烧。医药费很高。我就上工厂，见到课

梁晓雯的父亲梁平

长，说人病得很厉害。课长说，这个事情和我们没有关系，你要找老师。我找了老师。老师也说没办法，没有钱。晓雯病的时候，谁都不说一声，谁都不拿出钱来给她治病。

因为交不起入院费，梁家只好在7月18日晚上10点，连夜将昏迷中的梁晓雯从东莞带回了500多千米外的茂名市人民医院。医生检查病情后，当天就下达了病危通知书。这时，晓雯的脑神经已经烧坏，就算能保住性命，以后也无法正常生活了。

梁 平：我女儿生病之前我最后一次见她，她正在复习考试，星期天回我这儿。我跟她像平常一样聊天，叫她认真复习，把试考好。她一直没说要到那个厂去打工的事情。7月19号早上3点钟，她被接回来送到茂名医院，医生把病情一看，就下了病危通知书。

梁平说女儿的身体一直很好，在学校体育比赛中还得过奖。他想不通，女

梁晓雯的大伯梁生

梁春梅

儿怎么会因为在工厂里打了几天工就生病，而且一病不起。然而，从同去打工的同学嘴里，梁平才了解到，女儿在工厂里经历了怎样恶劣的工作条件和超强度劳动。

梁　平：每天上班11小时，有时候12小时，还有夜班。这种强度，大人都承受不了，别说小孩了。一个16岁的女孩，身体还没有发育成熟，肯定承受不了这种超时工作。

梁春梅：操作必须站着，流水台到腰部那么高，不能坐，必须站着才能工作，很辛苦，脚底板发硬。晚上回去，经常睡到三更半夜脚抽筋，抽得很厉害。我们宿舍那些同学睡到半夜都喊"救命"，脚底很酸，很硬，又抽筋。如果你能把同床的同学叫醒，她会帮你揉揉，如果她睡得死叫不醒，你就自己一个人在那里喊吧，哭吧，因为抽筋的时候腿脚全都僵硬了，不能动，很痛苦。

梁春梅上的是白班，每天从早上8点工作到晚上8点。梁晓雯上的是夜班，比白班还辛苦。

梁雨萍

按照学生们的说法，白班和夜班工作时间分别为：

白班时间：8时至11时20分、11时50分至16时45分、17时45分至20时20分。

夜班时间：20时20分至23时20分、24时至3时、3时20分至8时。

中间两次休息和吃饭的时间加起来最多一个半小时。如此计算，学生们每天的工作时间在11小时左右。每天在这样的劳动强度下工作，学生们不仅保证不了足够的休息时间，工厂提供的饮食也不足以支撑他们的体力。

梁春梅：11点的时候休息一会儿，3点的时候休息一会儿。休息的时候，喝水的喝水，去厕所的去厕所，其他人就坐在地上。因为没有凳子，大家工作时一直站着，很累，休息的时候就坐地上。夜班更辛苦，要熬夜，困了又不能睡。我上夜班的第二天，在那儿睡了一下，就被主管骂了。吃饭是每天三菜一汤，还有饭。差不多是每天都吃斋，就只有蔬菜。有时候肉会拌着菜一起炒，不过舀给我们的时候，有时有肉，有时没肉。刚开始的时候我们吃不饱，因为那些饭很硬，菜也很辣，后来慢慢就习惯了。不过，饭菜我们通常不会吃太多。舀给我们的饭菜，没吃到一半就倒掉了，然后喝粥或者喝汤。

最糟糕的还是恶劣的工作环境。梁平怀疑，正是工作中产生的有害气体，导致晓雯生病。因为同去打工的学生在身体上普遍都感到不适，生病的不止晓雯一个人。

梁　平：肯定是油漆、天拿水引起的，这些都是伤害人体的。她做打磨砂，不是喷漆，其实一样拿喷枪，肯定有污染。

梁春梅：我干了这个工作之后，就得了一些跟呼吸道有关的病，比如支气管炎、咳嗽之类的。之前是感冒，后来有一天下雨，衣服湿了，我就用那个（喷枪）吹衣服，到了中午就开始感到不舒服。

梁雨萍：我坐着都感觉头晕，有时头很痛。转为白班一个星期后才好。一起打工的同学都有点生病，宿舍另外一个上夜班的女孩也发烧，看病不能好，就不做了，回家了。一些男生也感冒过。

除了超时工作、劣质的生活条件、污染的工作环境，学生们的工资和加班费也远远低于市场价格。按照《劳动法》规定和东莞地区最低工资标准计算，每小时工资至少应该是4.12元。加班则应该是普通工资的150%，双休日加班则应该是两倍。但是，这些规定对于暑期工来说是不敢奢望的。

梁春梅：我在那里干了23天，领了714块。他们这样计费的，每个小时3块，加班费另计，一小时3.75元。我们每天干8个小时正班，加班看情况，有的车间加3个小时，有的4个小时，5小时的也有，看情况而定。没有休息日，有的车间会休息，有的车间不休息，我们车间从来没有休息过，周六日也跟平时一样。我们也想休息，但我们的产量不够，不能休息，别人的产量超了，才可以休息。我们看着别人休息，自己却要在那里辛辛苦苦地工作。

记　者：雇佣学生比雇佣熟练工是不是便宜一些？

廖献文（普笙集团工厂行政课课长）：便宜？怎样讲呢，也不会便宜，算起来也差不多。不过，学生来这儿的时候刚好赶上很多工厂是旺季，淡季之后工厂也要减员，学生工只是作为一种补充而已。

梁晓雯所在的学校附近贴满了招聘暑期工的小广告

廉价的暑期工们夜以继日的工作确保了工厂利润高速增长，华南机电工程学校也正是看中了企业的这种需求，才主动找上门来，组织学生集体来打工。然而，华南机电工程学校并非一所正规的学校，而是一家劳务中介。它自称华南机电工程学校是“中国模具工业协会教育培训基地”，开设了机械模具、模具钳工等八个专业，但是当记者根据名片上的地址前往学校时，却发现那里只是一个大门紧锁的办公室，牌子上写着“茂名市茂南机电职业学校”。茂南区劳动局称，该学校虽然在劳动部门注册过，但招收外校暑期工的情况并没有向上报批。这一做法属于违规行为。

梁　平：学校说假也不假，说不假也假。怎么说呢？那个学校在茂南区注册了，但是学校就有一个办公室，没有校园，只有办公室。说是技校，根本没能教学生什么技能，就是带着学生去厂里打工，一招到学生，就带到厂里去打工。

通过组织学生去工厂打工，作为中介组织的华南机电工程学校从中获得巨大的利益。据了解，当地介绍打工的中介费用一般一个人在80元到100元之间，除了向工厂收取管理费外，带队的老师还向学生收取中介费，甚至学生所得工资最后也要被带队老师扣掉一部分。

记　者：你们跟带队老师是怎么联系上的？

廖献文：不用（联系），我们哪有时间去找他们，他们一般一到每年的四五六月份就会找上门来。一般由学校老师带来的（学生工），我们都会相信。他们不是那种黑工，都有家长允许的，也不会是贩卖人口那种。如果他们有合法证件，比如劳动部门发给的营业执照，我们就OK了。不可能还去查一下，我看没有哪个（企业）做得到。老师的管理费要给，他要负责学生的日常生活，集中办理学生相关的手续，学生有问题还要跟他请假、协商什么的，这种管理费一个老师一个月给800块。

梁春梅：刚开始时候我们只知道是去深圳一个电子厂。去的那天晚上又改变地点，说是去东莞了。我们都说，这是不是骗人的？有些同学不相信他们。后来带队的老师说，如果去东莞，之前要交的100块介绍费现在改为80块。不过介绍费减少了20块，车费又加了5块，成了85块。一共交了165块。至于我们的工资，去的时候听了很多传言，说可能要扣伙食费，如果不扣伙食费，加班费中的7毛5就要给老师，加班费也和正班费一样了，也是3块钱。后来我问老师，我们的保底工资是多少？老师说我们没有保底工资，是厂里直接发的。去的时候，老师告诉我们一个月有824块钱工资，可是到了工厂，工资的计费又变了。我们也没有签合同，是校长帮我们签的，老师说他也没有机会看合同，合同只有校长和厂方领导人知道。

不仅没有劳动合同，有些打工学生的年龄甚至不满16周岁，属于违反国家劳动法规的“童工”。8月9日，东莞市劳动部门在一次检查中发现，全市34家企业共招用学生暑期工2000多人，其中16家企业招用未满16周岁的童工38人。与梁晓雯一起打工的梁春梅就是其中之一。梁晓雯病倒后，工厂突然在一天内将数名未满16周岁的学生辞退。

记　者：你们雇这些学生的时候，了解他们实际年龄吗？

廖献文：实际年龄，我大概全部看过。一般都是拿户口本复印件，因为身份证什么人都可以办，很多人换第二代身份证也比较麻烦。

梁春梅：我的户口簿上的出生年月是1991年11月27日。听说7月之前出生的才可以去，我是11月的不能去。后来同学拿我的户口簿去照相馆改了一下，将“11”去掉“1”，这样我就可以去了。晓雯出事以后，有律师找过我们，工厂知道了，就查我们的年龄，要把我们送回去。我们说我们不想回去，因为舍不得这些同学。老师说，如果你不回去，被劳动局发现了，要罚10万块，到时候老师是不会保你出来的。他这样跟我们说的。我说我要打电话回家，他说不可以。我说要跟同学说“再见”，他不让。他让我们不要透露一点风声，否则出了什么事要我们自己负责。后来我就回到宿舍哭，抱着同学哭，刚想说什么，那个老师就站在门口望了我一眼，说你不要再说了，快收拾行李，如果慢的话，我们就搭不上车回去了，就要蹲街边了。我们当时心情很糟糕，很迷糊，就这样子被他送回去了。

与晓雯相比，这些被遣送回去的孩子是幸运的——他们仍然活着。7月27日，茂名市人民医院宣布梁晓雯死亡。诊断书上写着：病毒性脑炎、呼吸麻痹、肺炎。从7月10日入院到7月27日死亡，16岁的晓雯在生命最后17天里几乎一言不发。她对病床前一遍遍呼喊自己名字的母亲说出的唯一一句话是：“妈妈，你愿不愿意借钱让我读书？”

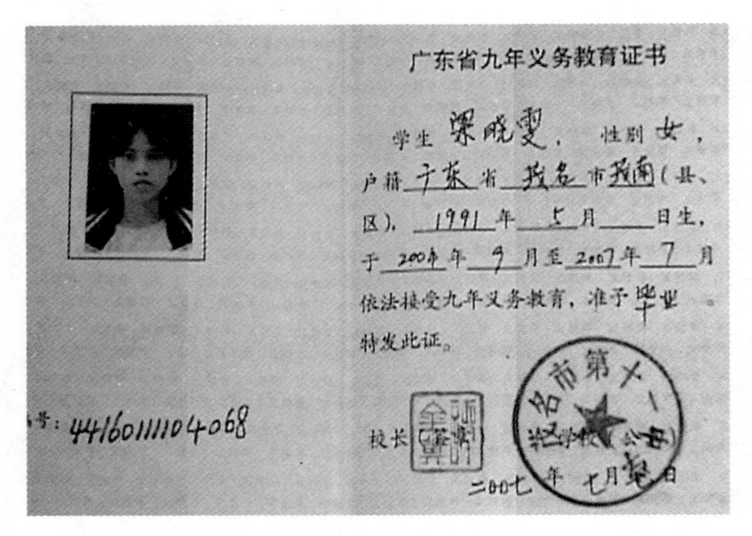

广东省九年义务教育证书

学生 梁晓雯， 性别 女，

户籍 广东 省 茂名 市 茂南（县、区），1991 年 5 月 ____ 日生，

于 2004 年 9 月至 2007 年 7 月

依法接受九年义务教育，准予毕业。

特发此证。

号：44160111104068

校长（签章）

二〇〇七年七月 日

16 岁的梁晓雯死亡时，还没来得及拿到这张毕业证

晓雯死后一个月，梁平帮女儿领到了初中毕业证书以及打工得来的 135 元工资。尽管梁家对女儿突然死亡这一事实无法接受，但几经交涉，最终还是同意和学校、工厂方面达成私下和解，停止了法律程序。梁晓雯的同学梁春梅和梁雨萍，则从同伴的意外死亡中得到了刻骨铭心的教训。

梁雨萍：我们这个年龄，如果去做暑期工，有的人顶得住，有的人顶不住。毕竟是学生嘛，如果上夜班，肯定顶不住的。尽管家里穷，但至少有父母关爱，到了那儿，什么亲人也没有，感到很不适应。

梁春梅：有点可怕，不过经历一次也好，可以有个经验，人生难免有很多曲折道路，以后要看好才去打工。

子墨点评：

工厂的需求创造出了巨大的暑期工市场，暑期工的弱势处境和法律意识淡薄，又给了打着学校旗号的中介机构以可乘之机。乍看之下，企业、中介、暑期工，似乎都得到了各自想要的东西，然而利益关系一旦遭受到冲击，暑期工无疑是最大的受害者，因为他们手里不掌握任何可以和其余两方抗衡的资源，他们有的只有自己的健康和生命。

穆薇的抑郁

根据中国疾病预防控制中心的统计，中国约有3000万抑郁症患者，其中10%到15%的人最终选择了自杀，而另外60%到65%的人要么根本不承认自己得了抑郁症，要么承认却不愿意接受治疗。在许多人眼里，抑郁症是一个和精神病、神经病有着同样内涵的疾病。他们害怕患病，更害怕患病之后，周围歧视的目光。

穆薇，女，30岁，北京人，重度抑郁症患者。患病之前，她曾任台资公司职员、餐饮公司人事培训师，如今辞职。穆薇抑郁的时候，总是一动不动地坐在某个地方，发呆，抽烟，对任何事不感兴趣，无法专注。

子　墨：你陷入抑郁的状态是什么样子？

穆　薇：我陷入抑郁状态的话，觉得就算有太阳，整个世界也是灰的。自己看不到阳光，会把自己封闭起来，不愿意接触任何人。

子　墨：亲人、好朋友，也不愿意见？

穆　薇：对。最好把自己关在一个小屋里，谁也别理我，死活由我去。反正这种状态特别难受，我知道这是病态的，我也想爬出来，希望寻找到一个突破口，把它解决掉，恢复到以前的状态。但是我现在还没有找到一个正确的解决它的方法。

2007年年初，穆薇开始感觉心理不适。工作中，她总觉得不如别人。阴霾的天气、正常的工作压力、上司稍显严厉的口气，甚至朋友间不经意的玩笑，都会让她神经紧张，充满不安全感。她曾试图调整自己。5月，就在这种调整还没有步入正轨时，穆薇崩溃了。她先吃了20片安眠药，发现没有太大药效，又割腕自杀。

子　墨：崩溃那天的情形，你记得吗？

穆　薇：是5月中旬吧，北京的天阴得厉害，造成心情更不好。我总是失眠，必须靠安眠药来入睡。有一天，晚上下班后，正好手里剩下20片安眠药，我一口气全吃了。但是第二天早上，我又醒了过来。当时就想，哎呀，怎么没就这么睡过去啊。爬起来以后，正好看到桌上有个新买的修眉刀，拿过来就割腕。修眉刀不锋利，一下不成，太浅了，又割了好几下。

子　墨：这是自然而然做出的举动吗？还是之前你也挣扎过，考虑过其他

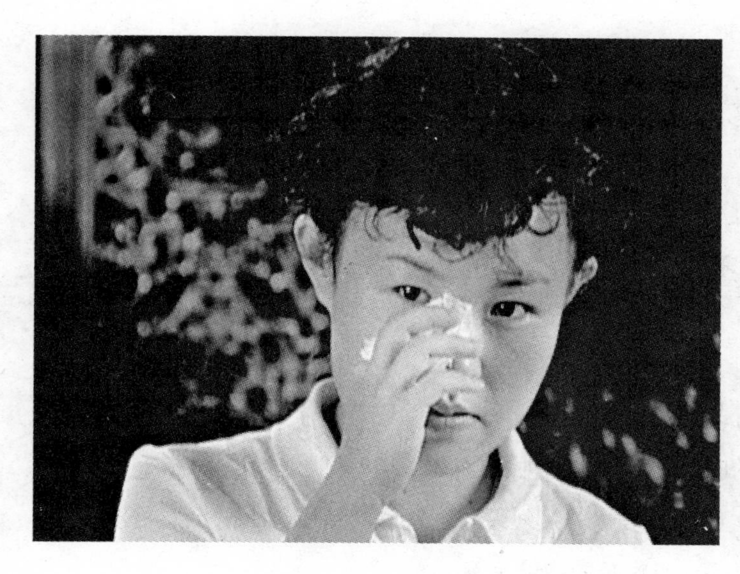

30岁的穆薇患上了重度抑郁症

的因素？

穆　薇：挣扎过。会想，哎呀，放弃？不能就这么轻易放弃，一定要坚持住，坚持地活着。无论得到也好，得不到也好，一定要坚持活着。

醒来后穆薇躺在医院里，这是她第二次自杀。6年前，因为一名关系要好的异性朋友的离开，她吞下了60片止痛片。幸亏妈妈及时发现并将她送进医院。一天之后，穆薇回到家中。在日记里她这样描述这次自杀的经历：死亡依旧瑰丽得诱人，但是已经离我远去了……她努力让自己好好活着。

子　墨：当时脑海里出现了什么东西促使你下决心去吃那60片止痛片？

穆　薇：空了，世界一下空了。那是夏天，当时醒来的时候，看见医院窗外的天特别蓝，我就想天堂的颜色是不是那种蓝呢。

子　墨：就那么向往天堂吗？

穆　薇：我觉得抑郁症到一定地步，对生的恐惧会大过对死的恐惧，人会特别无望。

子　墨：有没有想过父母会多伤心，其他生命中那些重要的人也要和你一起承受痛苦？

穆　薇：当时没去想这些，可能还是年轻嘛。现在我知道患抑郁症的人会觉得自己不存在比存在要好得多。

子　墨：这6年中，你说自己一直在不断地努力，这些努力对你有多大帮助呢？

穆　薇：时好时坏。

子　墨：好的时候会感觉到那种发自内心的快乐吗？

穆　薇：会，但是很短暂，立刻又被一种不确定感和不安全感给淹没了。快乐是短暂的，以后还有漫长的痛苦等着。

2001年，穆薇第一次自杀时，并没有意识到自己的心理出了问题，对抑郁症也一无所知。出院后，在妈妈的照料下，她的生活逐渐归于平静，但抑郁已经在她心里埋下了种子，6年后重新爆发，让她彻底明白自己存在的心理问

穆薇两次自杀，都被抢救过来了

题。穆薇在会见心理治疗师时，被确诊为重度抑郁症。

子　墨：今天当你冷静下来，回想那段时间发生的一切，为什么会在那个时刻就集中爆发了呢?

穆　薇：可能和天气有关，和心情有关。有的抑郁症可能就是一件事情引起的。我6年前第一次自杀是因为一个具体的事件引起的。这次是一点一滴积累，积累到最后，就像压垮骆驼的最后一根稻草，随便一个小事都变成了致命的压力。

子　墨：可能有些人做出这样的举动之前，会有些话要留给父母、亲人、好朋友，你想过吗?

穆　薇：没有，当时就想着有很多事情要做，但是没时间做了。

子　墨：死对于你来说到底是一种什么样的诱惑?

穆　薇：死对我来说就是让我得到解脱。它会让整个人处于一片黑暗之中，什么都不用去考虑了，什么都不用去担心了，不需要得到什么，也不需要去期望什么。你期望的东西总是得不到的话，是很痛苦的。既然这样，我干脆就不要希望，什么都不要，什么都放弃。

洪鸿是穆薇的治疗师。在对穆薇的诊疗中，她发现穆薇总是企图让自己看起来乐观开朗，即便在讲到割腕自杀的痛苦经历时，她也努力让自己面带微笑。

洪　鸿：现在的社会是崇尚强者的社会。穆薇表现出来的是一个典型的用强大掩盖脆弱的人。她头脑中的指令是，如果我不够强大，那我就完了。所以她即便给你说特痛苦的事情时，都表现得无所谓，用笑的方式来表达。

穆　薇：我不理解人为什么老要让自己变得乐观、快乐。我知道自己不乐观、不快乐，也没人能让我变得乐观、快乐，所以我只能自己给自己一个力量。

洪　鸿：她的个性中如果说有缺陷的话，她的强大就有一点变态，不是一

穆薇（右二）生病前，与同事在一起

种真正的、健康意义上的强大。

20世纪美国心理学家马丁·塞利曼曾将抑郁症称为精神病学中的“感冒”。大约有12%的人在他们一生中的某个时期都曾经历过相当严重的需要治疗的抑郁症，其中大部分抑郁症不经治疗也能在3～6个月之内结束，但这并不意味着当你感到抑郁时可以不用管它。严重的抑郁有别于正常的情绪低落，甚至危及生命。对于心理治疗师来说，治疗每位抑郁症患者的首要条件，是帮助他寻找发病的原因。

与许多抑郁症患者一样，穆薇的病根来自童年。她1977年出生，因为父母在内蒙古插队，刚出生不到两个月，她就被送往北京和爷爷、奶奶一起生活。7岁时奶奶去世，她又被送回内蒙古。那时的父母对她来说已是陌生人。14岁时，她又重新被带回北京。

穆　薇：记忆特别深刻的事，一个是我奶奶去世，她的葬礼，我奶奶是回民，我记得去清真寺的整个过程；第二个是我被父母带到内蒙古，下火车走出呼和浩特火车站的情景，那天天气特别阴霾，雾气很大，我感到压抑。当时我只有7岁，与父母一年才见一次，他们对我来说基本上是陌生人，而我最亲的爷爷、奶奶却再也见不到了。心里感到惶恐、茫然。

子　墨：后来你成长的过程当中会时常想起小时候那段经历吗？

穆　薇：会想啊。我会想起呼市的夏天，那种炎热，蚊子，和小朋友们一起玩，都是很美好的东西。

穆薇在庙里烧香

子　墨：但是这些快乐不足以来弥补那种阴霾？

穆　薇：对，因为从小就有种漂泊感，不安全感。亲人去世，不停地迁徙，造成从小就没有安全感，总想抓住一些什么东西，长大以后，失去一些东西的时候，不能正确去面对，老觉得得到的东西太少了。

洪　鸿：穆薇小时候经历了一些突然的变动。在孩子没有任何思想准备的情况下，出现突然的变动。两方面（父母和祖父母）都要竭尽全力给她爱，但是这种爱却不能被孩子理解。

成年以后，穆薇对母亲始终有距离感，她不会在母亲身边撒娇，也不会向母亲表露自己的脆弱。母亲留给穆薇的印象与母爱无关，更多的是她的能干和强势。

子　墨：母亲在你心中是一个什么样的人呢？

穆　薇：我妈对我在物质生活上照顾得无微不至，精神上的东西她让我自己的事情自己解决。她说解决不了，那是你自己没本事，你要反省一下你自己的错误。她从小给我灌输的就是这种理念，造成了我一直认为有什么事都必须自己去扛，扛不住的话是你没本事。

子　墨：比如说你留不住朋友，得不到什么东西，是因为你自己不好，没用。

穆　薇：对，都是因为自己不好。

子　墨：这和你患上抑郁症有直接关系吗？

穆　薇：有直接关系。我后来参加小组治疗时发现，我们得抑郁症的基本原因都和家庭因素有很大关系。我后来跟我妈说，打小你就没抱过我。我妈说，我怎么没抱你？然后就过来抱我，当时我的感觉就特好。

2006年，穆薇的朋友不幸患上抑郁症，她帮助朋友调节，但朋友还没缓解，她就从自己身上看到了抑郁的影子。抑郁之初，穆薇以开玩笑的方式告诉母亲说自己病了，可母亲认为，即使世界上所有的人都抑郁了穆薇也不会。在她眼中，穆薇是乐观开朗的。直到穆薇最后自杀，母亲才相信女儿确实得病了，但是对于抑郁的原因，她却始终不能理解。

穆　薇：我想帮他好起来，帮他调整，我知道这种病需要别人来帮助调整。结果没把他调好，倒把自己带沟里了。再加上工作上一些烦心事，生活上一些烦心事，最终是一点一点崩溃了。

子　墨：有什么样的烦心事？

穆　薇：春节那段时间很忙，天天加班。忙过之后，突然就没事干了，人特空虚。一下子从极忙的状态变成极空的状态，特别难受。还有就是我对前途感到茫然，再加上生活中和母亲缺乏沟通，两代人之间会有一些隔阂、争吵，造成了特别大的压力。

子　墨：你母亲知道你患上抑郁症的根本原因是什么吗？

穆　薇：我试图跟她谈，一点一点灌输给她，因为我自己已经找到原因了。她也试图接受，但接受的过程可能也挺难受，挺痛苦的。她从一开始就不理解我为什么要那么做，我告诉她自己觉得死了比活着强，不想活了。她说她理解不了。

子　墨：那她会用一些方法来留住你吗？

穆　薇：会啊，太多了。比如在生活中对我照顾得更加无微不至。比如今天采访，我妈说，我陪你去吧，我不放心你。我说，不用，你去的话，我就说不出来了。她说，没关系，我在外面等着。我说，你在无形中又给我制造压力呢。我妈说，那好吧，还是你自己去吧。

在洪鸿看来，导致现代社会抑郁症的高发的主要因素有两个，一是患者童年的生活阴影，比如缺乏父母关爱、家庭成长环境不健全等；二是在竞争激烈的社会中，个人面临的巨大压力。中学生升学，大学生就业，白领升迁，中年人感情事业的突变以及老年人的空巢都可能诱发抑郁。其中女性的发病率通常是男性的两倍，因为女性更容易紧张，女性更容易遭受某些极度紧张的状况，比如家庭暴力、性虐待等，同时女性比男性更需要爱和理解。

洪　鸿：女性更需要爱，当她抓不到爱时候，会有很强烈的失落感，有种无能为力的感觉。男性可能更需要去获得什么，比如权威感、成就感。当他获得不了的时候，他可能容易患抑郁症。

子　墨：你今天回想起那天发生的这一切，会不会觉得自己还是挺幸运的，幸亏发现得早，被救过来了？

穆　薇：没有，我从来不会这么想，不会想我为什么还活着。那天我们做心理治疗的时候，中间休息，我站在四楼治疗室的落地窗前，心想如果它不是一个全封闭式落地窗，我也许会跳下去，结束自己生命。

子　墨：这些想法会时常出现在你的脑海里吗？

穆　薇：对。对抑郁症患者来说，一般早晨醒来的时候心情最不好，中午好一点，晚上相对来说，心情是最好的。刚开始我还奇怪，心想我怎么和别人不一样，因为我早上醒来的时候心情最好，心想一觉醒来又看见阳光了，特高兴。中午的时候心情较差，晚上特别差。一躺在床上就会想，还是死了比活着好。后来我看相关的书籍，里面说有两种抑郁症，我属于第二种。

子　墨：那么活着带给你的恐惧是什么？是什么让你那么不喜欢活着呢？

穆　薇：焦虑、无法得到、不安全感、不安定、孤独、漂泊。

洪　鸿：她的情绪里有很多冲突，她自己内部有很多冲突，压抑到一定时候，不能表达到一定时候，她就会突然觉得这个世界空了，自己空了，不知道自己是谁，不知道自己要干什么。这时候她所有的愤怒都没有指向，因为她自己都不知道这些情绪最初是从哪儿来的了，没有指向的结果就导致她最后转向自己，开始攻击自己，出现自杀的行为。

自杀醒来之后，穆薇参加了北京友谊医院的“友谊心友”小组心理治疗，10位患者中有8位女性、两位男性。每个星期六下午，他们会在治疗师的带领下，通过互相倾诉和讨论来缓解病情。

子　墨：面对医生，你能够完全坦白吗？

穆　薇：完全展现自己，特别坦白。我当时看见医生就觉得见着亲人了。我觉得只有医生能够理解我，我看见医生就觉得有希望了，也许自己能被治好。

子　墨：你们之间会有很多交流吗？

穆　薇：会有。比如每次小组活动结束的时候，指导老师会问，今天大家有什么感觉？很多人就觉得找到组织了，有一种强烈的归属感，彼此能够理解，可以互相倾诉。

子　墨：在痛苦的时候，你会向其他抑郁症患者倾诉吗？

穆　薇：我现在已经开始学着倾诉了。我知道自己现在病了，需要治疗。倾诉对我来说也算一种治疗。还有，我把我的感觉说出来，就是要让大家知道，抑郁症并不可怕，可怕的是你不重视它。

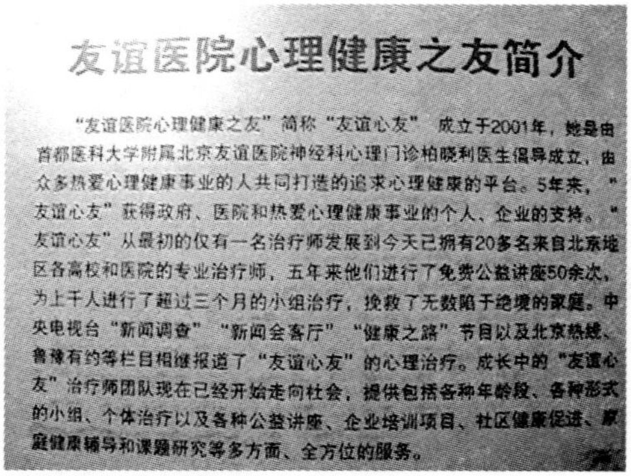

友谊医院心理健康之友简介

“友谊医院心理健康之友”简称“友谊心友” 成立于2001年，她是由首都医科大学附属北京友谊医院神经科心理门诊柏晓利医生倡导成立，由众多热爱心理健康事业的人共同打造的追求心理健康的平台。5年来，“友谊心友”获得政府、医院和热爱心理健康事业的个人、企业的支持。“友谊心友”从最初的仅有一名治疗师发展到今天已拥有20多名来自北京地区各高校和医院的专业治疗师，五年来他们进行了免费公益讲座50余次，为上千人进行了超过三个月的小组治疗，挽救了无数陷于绝境的家庭。中央电视台“新闻调查”“新闻会客厅”“健康之路”节目以及北京热线、鲁豫有约等栏目相继报道了“友谊心友”的心理治疗。成长中的“友谊心友”治疗师团队现在已经开始走向社会，提供包括各种年龄段、各种形式的小组、个体治疗以及各种公益讲座、企业培训项目、社区健康促进、家庭健康辅导和课题研究等多方面、全方位的服务。

北京友谊医院心理门诊

洪　鸿：我做这个工作时，感觉更让我揪心的是他们（病人）往往会忽视自己。已经出现了一些症状，但他会忽视，自己忽视自己。因为如果承认自己得了抑郁症，他会承担很多压力，自己的压力，来自外部环境的压力。周围的人的表现，往往会让他觉得，我可千万不能得抑郁症，否则别人会抛弃我。

世界卫生组织、世界银行和哈佛大学的一项联合研究表明，到2020年，精神科疾病将会成为中国疾病负担的第一位，其中抑郁症在精神科疾病中占第二位。如果整个社会现在不重视抑郁症，将来不光是花钱治病，还会产生许许多多社会问题。目前，由于认识不足，中国的绝大部分抑郁症患者并没有得到正确的诊断治疗。

抑郁症的治疗方法主要有：1. 药物治疗。用药物来改变脑部神经化学物质的不平衡，包括抗忧郁剂、镇静剂、安眠药、抗精神病药物。2. 心理治疗。改变不适当的认知、思考和行为习惯等。这方面的治疗，需求助于专业心理治疗人员。3. 阳光及运动。阳光中的紫外线和适量运动可以或多或少改善一个人的心情。4. 好的生活习惯。早睡早起，保持身心愉快，不要陷入自设的想象的心理漩涡中。穆薇目前除了服用指定的抑郁症治疗药品和进行心理治疗之外，更多的办法是强迫自己多与别人接触，表达自己的想法，转移注意力。

子　墨：现在每天的生活是什么样子？

穆　薇：我还没有完全地静下来。因为刚辞职，我妈又生病住院。可能是为我着急造成了她胃出血。她本来就有胃溃疡，也是因为焦虑造成的。我心里觉得特别过意不去。

子　墨：现在当你再有结束自己生命的念头时，会想到母亲的感受吗？

穆　薇：会想到。但我还是会觉得，不在（人世）对他们也许更好一些。她就可以省心了。

子　墨：你没想过这可能是他们一生中永远无法逾越的痛苦吗？

穆　薇：没想过。其实有时候抑郁症患者可能想自己的东西比较多吧，对别人的感受不会太关心。我以为我在感受别人的感受，但实际上我感受得并不对。

子　墨：医生有没有告诉你，治愈抑郁症需要多长时间？

穆　薇：没有。我知道“百忧解”这个药至少要吃半年。

子　墨：能够完全痊愈吗？

穆　薇：因人而异。我觉得如果及时地治疗，就像感冒一样，很容易治好。

子墨点评：

穆薇告诉我，等她治愈后，她的第一件事是做一个专业的心理治疗师，因为她体会过抑郁症患者心底那种充满绝望的恐惧和不安，也体会过周围人对抑郁症患者的歧视和误解，她想去帮助那些和她一样绝望的人，也想告诉大家这种歧视和误解是对抑郁症患者新的伤害。心理学家将抑郁症比喻为心灵的“小感冒”，这个描述与其说是抑郁症的易于治疗，倒不如说是抑郁症的随处可见。那么，如果有一天你的心灵不幸“感冒”了，就请尽早就医吧；如果有一天你身边人的心灵不幸“感冒”了，就请多给予一份耐心和包容吧。

女教师杀童案

她从事的是被称为“灵魂工程师”的职业，却在家中夺去三个孩子的生命后自杀，是什么原因导致了她这种疯狂的行动？是因对工作调动不满而杀害同事的孩子泄愤？还是由于身患抑郁症而导致她失去理智？家属矛头直指当地教育部门，谁该来为这起惨案负责？

2007年2月16日，农历腊月二十九，原本是一个家家户户欢欢喜喜迎新年的日子。下午5时40分，兰州市永登县河桥镇连城电厂职工杨凌云下班后，到集市上买了点菜，快步回家。他刚走近家属楼，就看见7岁的女儿站在阳台上朝他挥手："爸，爸，我妈死了……"

这天下午，杨凌云的妻子、永登县河桥镇乐山小学语文教师毛淑英在家中非正常死亡，同时倒在血泊中的还有3个年仅六七岁的儿童：一个男孩，两个女孩。据说腊月二十九这天是毛淑英女儿安琪（化名）的生日，她把三个孩子叫到了家中和女儿一起庆祝，然后杀害了这三个孩子。遇害的三个孩子有一个共同点：他们的父亲同为连城电厂的职工，母亲都是河桥小学的教师，曾是毛淑英的同事。遇害儿童小宇（化名）的舅舅张先生在事发后第二天得知这个噩耗，也是他抱着外甥女的尸体，送孩子最后一程。

子　墨：出事那天，孩子离家是几点钟？

张先生（小宇舅舅）：两三点吧。

子　墨：两家人住得近吗？

张先生：在一个家属区。

子　墨：平常往来特别多吗？

张先生：比较密切。那天被害的3个小孩关系比较好，好像都报了一个钢琴班，玩得比较好。3个孩子去他们（毛淑英）家之前，别人看见过，说三人连蹦带跳的，特别开心。我想孩子被圈在家里，可能想出去。然后有人来说请客吃饭什么的，谁也没想那么多，就让去了，结果去了就再没回来。

当天事发时的目击证人只有一个，就是毛淑英的女儿安琪。3个孩子来到毛淑英家以后，被毛淑英一个一个叫到卫生间。她先用尼龙绳将小孩勒死，又用利器割断了他们的喉咙，之后用同样的方法结束了自己的生命。令人震惊的是，整个过程中，毛淑英7岁的女儿一直默默地在旁观看。

受害儿童小宇的父亲
张健虎

张先生：当时毛淑英让她女儿去叫小孩，点到的小孩基本上没有针对性，其中5个是老师的孩子，让她碰上谁就叫谁，能叫的都叫过来。这是案发以后她女儿说的。凡是电厂家属区的小孩，碰上谁叫谁，但是几个老师的孩子必须叫。

记　者：印象中（毛淑英）是个什么样的人？

张健虎（小宇父亲）：她反正跟我们周围厂里这些职工都不打交道，她爱人也是。她经常打交道的是河桥的老师。

张义昌（小蕾父亲）：咋说呢，这女人隐藏得太深了，谁也防范不了。她骗我们小孩过去，说娃娃过生日，请吃面包。

7岁的安琪说，当天是她的生日，上午爸爸上班以后，妈妈就吩咐她邀请小朋友来家玩。结果小朋友都不来。下午，妈妈再次让她向几个孩子发出邀请。被点名的5个孩子中，有两个因为急着回老家过年而逃过了一劫。

张先生：她女儿早上去敲门，说今天我过生日，我妈妈要请客，让小宇过去我们家吃饭。当时我妹妹拒绝了，没让去，借口说是天太凉了，都准备过年呢，

受害儿童小蕾的父亲
张义昌

哪还有心思乱跑，让孩子在家做作业。没想到下午两点多，小孩又来敲门。我妹就说："嘘，悄悄地别出声，让她敲一会儿就走了。"结果敲了好长时间，而且越敲声音越大，就开门了。这个小女孩就撒谎说，所有人都到了，就差你们家小孩没去。后来我妹妹对这点特别恨，因为她撒谎。当时是不好意思了，毕竟也没仇没怨，小孩这样说了，如果不让去似乎不跟大家合群，就把孩子放出去了，说早去早回。

与小宇一起走出家门的，还有5岁的小蕾和7岁的小昕。谁也没有想到，他们离开就再没回来，3个孩子离家的一幕变成了父母最痛苦的回忆。

张义昌：（安琪）来了之后，我把门一开，当时也觉得高兴。我跟她说，小朋友来找你玩了。她走到门口的时候，那个女孩还跟她说，我刚跟你爸爸还握了个手。然后就听到我们孩子哈哈哈大笑。

张老师（小宇母亲）：她走的时候扎着小辫，脸颊左边留了一点没扎起来。我说，妈妈给你扎起来吧。她照着镜子说，妈妈，这也是一个发型呢。我说，那也好。然后她就头也不回地走了。

2月17日上午11时，在电厂家属院门口修自行车的李天昌和几名当地居民受雇前往现场抬尸体。他们看见，3个遇害的孩子的伤痕都在咽喉位置。其中一个小女孩的伤口从右耳下割到了左颌下，伤口很深，鲜血染红了胸前。唯一一个男孩的左胳膊从袖筒里褪了出来，身上穿着线衣，两只小手紧握成拳，显得很痛苦。3个孩子是在卫生间里被杀害的。他们的母亲都是教师，并且和毛淑英在河桥小学共事过。

子　墨：以前有没有听你妹妹提起过这个人？

张先生：没有。她们关系不怎么样，就是一般同事关系，但是也没仇没恨。不然那天她家孩子去叫小宇，要知道有仇的话，会忌讳这些，不可能说让过去就过去。只是孩子们互相来往，她觉得无所谓，但是大人之间基本不来往。

既然彼此间没有深仇大恨，同为教师的毛淑英为什么要对3个毫无抵抗能力的孩子下毒手？她自己又是带着怎样的心情离开这个世界的？带着这些疑问，记者来到河桥镇进行采访。河桥镇是一个距离兰州市区100多千米的小镇，毛淑英前后任教的两所小学——河桥小学和乐山小学都位于这个镇上。在与她共事多年的同事那里听到了这样的说法。

毛淑英的同事康老师

毛淑英

记　者：被害者的父母，你认识吗？

康老师（毛淑英同事）：认识，都是我们学校的老师。

记　者：平时这几个老师跟毛淑英关系怎么样？

康老师：好着呢。小孩以前都在电厂幼儿园，经常学校有个活动，不能按时去接孩子，那就谁去幼儿园早，谁就把大家的孩子一块接上，一起吃饭干啥的，关系不错。这事真是没有料想到。

在当地熟悉毛淑英的居民看来，毛淑英为人随和，很少与人发生争执。在事发之前，唯一发生在她身上的变化是几个月以前工作上的调动。在乐山小学任教之前，毛淑英一直在紧挨着自己家属区的河桥小学任教。并且在长达9年的教学期间，多次被评为优秀教师、教学骨干等。然而去年9月份一开学，毛淑英的工作突然发生了变化，被调到了离家5千米外的乐山小学。有人说，毛老师因此想不通，所以杀人泄愤。

子　墨：有没有听其他人议论过毛淑英是个什么样的老师，什么样的母亲，什么样的人？

张先生：她一直情绪上很不满，嫌把她调得远，学校离电厂比较远，每天跑的路多。所以她这个行为很大程度上是工作的原因，所有受害者全是老师的孩子，是有针对性的。她是出于某种报复心理。

李老师（毛淑英同事）：第一天在这儿（河桥小学）报名，第二天就调走了。

我们听到镇上通知，说要调人，有些学校没老师，有些学校老师多，为了均衡起见要进行调动。听到这个消息后，调谁不调谁，谁都不知道。第一天都在学校报名，第二天才来了调动通知。

康老师：她以前在这里是我们的优秀老师、骨干老师，年轻，事业心强，兢兢业业的，做事属于那种不做就不做，做就要达到完美，做到最好的程度。无论是搞一堂公开教学课，还是干别的工作，她都准备得特别充分。

毛淑英，31岁，她在家里排行老幺，父母都是农民。从外表看，她皮肤细腻、身材高挑，看不出任何暴戾迹象。1997年，她从永登师范毕业后，被分配到离县城数十千米之外的河桥小学，成为一家人当中唯一"吃公家饭"的人。毛淑英工作勤奋，极为负责，几乎年年当选优秀班主任。两年前，她通过自学考试获得了大专学历，成为全校仅有的3位县级"骨干教师"之一。而她原先所在的河桥小学是一所重点小学，在当地人心目中的地位甚至超过了镇上的中心小学。从河桥小学调到乐山小学，意味着毛淑英在领导心目中重要性的下降，意味着她被边缘化了，这是她最难以接受的。从乐山小学一位学生那里，记者得知了毛淑英调到新学校以后发生的变化。

毛淑英教过的学生

记　者：你们平时怕她吗？

小学生：怕。

记　者：为什么？

小学生：打得狠，上课说话的时候打我。

记　者：她怎么打？

小学生：皮条，打右手手心。

记　者：班上有多少同学挨过她打？

小学生：几乎全部挨过。她来教书的时候把全班都骂了，基本上没见她笑过。

可是，发生在毛淑英身上细微的变化却并没有引起周围人足够的重视。在同事眼中，她每天依然正常上班教学。就连和毛淑英朝夕相处的家人也没有把她日益焦躁的情绪当回事。

毛的母亲：她的意思就是说，你为啥把我调了？是工作上不好吗？我工作上挺好的。但如果工作上好，为啥要调我？我要知道为什么……她心里不平衡，越来越睡不着。

毛的姐姐：严重的时候，就吃安眠药、安定片，那时候她已经睡不着了，整夜彻底失眠。

毛的母亲：她的脾气越变越躁了，孩子不听话，她有时狠狠地打。她在家里啥都不想做，原来她爱收拾家务。2007 年过春节的时候，我说你买个衣服，买个裤子，她啥都不买。我跟女婿说，不行你给厂里请假，领她到医院治一治。我女婿也不信，说睡不着能是个啥病？！

据家人回忆，毛淑英至少有 4 个月没法好好睡觉。她在失眠和焦躁的情绪中挨过了一个学期，直到 2007 年春节，才在家人的陪同下去兰州看了病，结果被诊断为抑郁症。家人本打算过完春节就带毛淑英住院治疗，谁知道看完病后仅隔了一天，惨剧就发生了。

毛的母亲：大夫说，你想过自杀没有？她说，我想过，想过一次。大夫说，你干了没有？她说，我没干。

毛的姐姐：她回来说，那个大夫说得也对，没有什么比生命更重要的，该放弃的就要放弃。在这之前，她总觉得自己的病治不好了。

张健虎：她当时向河桥镇教育专干请过假，他们知道这个老师有精神类疾病，依然继续让她上课？有精神疾病的老师应该先让她暂时停止工作。

毛　母：我女儿出这个事情全部是专干的责任，我女儿口口声声说的就是这个专干。

毛淑英母亲和受害人家属口中提到的“专干”是河桥镇教办的领导，负责河桥镇所有中小学的行政和人事工作。除毛淑英外，受害儿童小宇的母亲以及当地的其他老师也曾经被这位专干调动过工作。事件发生后，这位专干已被免职。

张健虎：当时河桥镇文教办的主任叫王爱民。当时是9月几号，已经开学了，我爱人到河桥小学上班都两天了。两天以后，突然在没有准备的情况下，校长通知她到山岑小学去报到。调动前，他没有通知我们，调动后也没有找过我们。只是通知河桥小学的校长，通知她到哪个学校去上班。

记　者：就他一个人说了算吗？

张健虎：不清楚。

记　者：这种调动对你们来说是不是已经习惯了？

罗老师（毛淑英同事）：我们现在是无所谓了，人家叫调到哪里就去哪里，当老师的嘛，调到哪里都是当老师。

记　者：听说王专干被撤职了，是不是真的？

王道显（永登县教育局局长）：不是撤职，是免职。

记　者：他有什么责任吗？

王道显：我们县上有规定，乡镇教师的工作需要调整，应该由中心校拿出调整意见，由当地政府党委会议进行决定，决定以后把调整方案上报教育局进行备案。但是上报教育局备案的程序，他没有履行。按照县上规定，要给予处罚，因此我们给予他免职处分。

事发之后，乐山小学的黑板上写出了健全师生心理素质的标语

记　者：是出事后才知道他这种做法的吗？

王道显：就这样吧，先到这里，我已经把情况跟你们说了，实在对不起……

事实上，当地教育局后来接受媒体采访时也曾经表示，他们是要把一些比较优秀的教师调到偏远的小学，去支持当地。考虑到乐山小学教育质量差一些，而且上面也有教师调配规定，再加上河桥小学教师超编，因此就把毛淑英调动到乐山小学，这里面带有一定的支援性质。但是由此竟引发教师杀童案，谁也没有想到。

张先生：再傻的人都能想到这种说法。假如说我妹妹得到这个（调动）结果，去找他谈心，他的借口是什么？你不是教得好吗？教得好就调到别的地方去……这其实是对老师工作积极性的一种打击。

子　墨：从事发到现在，你们家是怎么过的？

张先生：我妹妹前天还跟我说，你不是最后抱着她嘛，有没有再摸摸她，是不是还有救，你就确定没救了？说着就哭了。都这么长时间了，她还在幻想。出事的时候，家里天天很多人，亲朋好友全都来慰问安慰啊，她就光是哭，感觉还处于一种懵懂状态，我当时就特别担心。一个月以后大家都走了，慢慢再回味这个事情，是最彻底的痛。

子　墨：你外甥女的照片你都随身带着吗？

张先生：以前没有，以前在手机里存着。这次我专门要了一张，过了塑封，随身带着。我小外甥女3岁多的时候，买钢琴是我陪着去的。她参加运动会还拿过第一名，挣了一个锅，考试还拿了100分，我答应好回来给她奖励。那天她妈妈放她出去的时候，她正在画画，给姥爷、姥姥，给我画画，刚把她的名字签完，放下笔，就出去了，没再回来。

遇害儿童的家属目前已经向毛淑英的丈夫提出了民事赔偿诉讼，然而他们最希望的是能够离开原来生活的地方，尽量避免回忆过去。受害儿童小宇的父母也暂时借住在朋友家里，他们不愿回到原来的地方居住。

张健虎：我做了好长时间的思想斗争，想回去上班。那天回家拿衣服，正好碰见楼下一个男孩，和我姑娘是同班同学。我刚走到楼下，他们正好放学。他就问我，你们家小宇呢？她咋不上学？我当时强忍悲痛，对他说，小宇到兰州去上学了。结果那小孩说，你骗人，别人都说小宇死了！我当时就崩溃了，跑上楼，回到家里大哭了一场。那个小孩，他其实是无心的，但是对我的刺激太大了。我那天晚上静静地在屋里待了一夜，看着我们小孩的照片，一边看一边流泪。心里太难受了，一晚上没睡，第二天一早立马回来了，我想逃避那个地方。

受害儿童小蕾的父母也暂时住在亲属家中。出事以后，家里是朋友们来帮忙收拾的，和小孩有关的东西全都收了起来，只剩下一套孩子用过的小桌椅和冰箱上贴的孩子在幼儿园里得的小红花。事隔多天之后，小蕾的父亲张义昌才鼓起勇气，第一次回到自己家里，然而痛苦的回忆像决堤的海水一样，无法阻挡。他努力回避谈起自己的孩子，却聊起了另一个孩子——毛淑英的女儿安琪。

张义昌：现在烦得很，整天不爱说话。以前的照片，电脑里有一些，我记得有 1000 多张，都是我们小孩的，全删光了，删光了。我就关心她（安琪）是不是还在正常地生活着。

记　者：您觉得这个孩子也不正常？

张义昌：她能正常吗？越大越懂事，她能正常吗？她妈是杀人犯，她能正常吗？一个房间里 4 个小孩，就她自己留下来了，剩下的都杀了，她能正常吗？

为了让同样是教师的遇害儿童的母亲工作能够调动，几家人自己也做出过努力。

子　墨：关于这件事情，你们企盼有个什么样的结果？

张先生：这个事情后续的上诉什么的，按照我妹妹的话讲，孩子没了就什么都没了。孩子是心血，是生命啊，就算是讨回公道，又能有什么用呢？当务之急是把孩子的父母调走，离开那个环境。考虑到我妹妹的心理承受能力，她在那种环境中太难受了，难保以后不出什么乱子，再发生什么悲剧。

记　者：这个要求向谁说过呢？

张健虎：我们向市教育局提出了，给主管教育的副市长写过求助信。想求助政府部门给我爱人换一个工作环境，使她能重新振作起来，我担心她会精神失常。但是，没有任何答复任何消息。教育局答复说这个事情很难办，没给任何承诺。

记　者：难办的原因是什么？

张健虎：具体也没有说什么。

在家属的同意下，记者陪同家属来到兰州市教育局寻求答复。然而，意想不到的事情发生了。“我们不管你是谁，不管你们认识不认识，我的意思是把（拍摄）带子扣下来……”采访的影像资料被教育局工作人员以侵犯隐私为由，强行删除，而希望解决问题的张健虎被赶出局长办公室……

子墨点评：

人们常常会把教师比喻成蜡烛，是一个无私奉献的代名词。然而也正是这样一种伟大和光荣的使命，让许许多多的教师长年都在承受着我们想象不到的压力，当这种压力无法释放时，我们就不得不为那些每天都要面对他们的孩子担忧。当甘肃省永登县的这起事件发生以后，所有的受害人家庭目前依然只能在痛苦当中继续等待，等待社会给予他们更多的温暖。而同时，所有那些在山区中默默奉献的教师们也在等待，等待给予他们更多的关怀。近日，记者从受害儿童家属那里得知，当地政府部门已经承诺，开始为他们调动工作。

邱兴华的罪与罚

曲折的成长道路，他在一夜之间成为杀人狂魔。激烈的专家辩论，是否应该为他做专门的精神病鉴定？人命关天，不可不慎。律师和家属提出对被告人进行精神病司法鉴定，法院却予以拒绝……围绕这起案件所进行的讨论，已被很多法学专家认为是推动了中国的法制进程。

2006年7月16日，陕西省安康市汉阴县平梁镇一座海拔2000多米的道观中，当晚留宿的6名管理人员和4名香客全部被刀斧砍死，住持熊万成双眼被割下，心、肺被掏出，并被切细炒熟，现场惨不忍睹。警方调查分析，48岁的农民邱兴华被认为有重大嫌疑。然而，就在警方抓捕邱兴华的过程中，一场关于凶手是不是有精神病的争论已经开始。73岁的精神病领域教授刘锡伟开始为邱兴华奔走。他根据自己的工作经验，总结了精神病人杀人的十大特点。根据邱兴华一案的情况，刘锡伟初步判断邱兴华有精神病，呼吁给他做一次精神病的司法鉴定。在刘教授的提示下，邱兴华的妻子何冉凤开始回忆两年来邱兴华那些让她百思不得其解的怪异行为。

子　墨：什么时候发现他有变化？

何冉凤：2005年开始稍微有点变化，但是不太要紧。他的变化就是，无形之中总发脾气，在屋里走来走去，也不坐下。

子　墨：你们之间会闹矛盾吗？

何冉凤：那段时间他老是不明不白地发脾气，我以为他是想到家里（经济不好），思想上有压力。变化最凶是在2006年，他突然说大女儿和二女儿不是

公安部悬赏10万捉拿邱兴华

查看评论　发表评论　短信发送　邮给朋友　打印文本

抓捕A级通缉犯邱兴华　悬赏金提高至10万

发表评论　　来源：北京青年报(06/0

人案疑犯邱兴华自作案后一直潜逃，公安部A级通缉令悬赏5万元缉凶。昨日上午捕指挥中心获悉，疑犯邱兴华的缉拿悬赏金已提高到10万元。

疑犯邱兴华，7月16日在汉阴铁瓦殿残杀10条人命后畏罪潜逃，8月2日出现在石根据群众举报，安康警方当晚就封锁了该地区，开展大规模搜捕。经过500军、疑犯仍不见踪迹，为此搜捕指挥中心3次调整搜捕方案。为鼓励各界群众和参战性，昨日上午，搜捕指挥中心毅然做出决定，活捉疑犯邱兴华者奖励10万元，

他的孩子，把我气得没办法。我说，你晕了，从来没听你说这些话，现在孩子这么大了，你为啥说两个孩子不是你的？你从哪一点能证明？

子　墨：他以前怀疑过吗？

何冉凤：以前他从来没有这个想法和说法。

何冉凤和邱兴华从小同住一个院子。因为父亲死得早，邱兴华靠给人刻印章完成了自己的中学学业，之后靠修理机械挣钱谋生。邱兴华大何冉凤6岁，两人的婚姻遭到何家反对。他们选择了逃婚，但很快被人抓到，押了回来。邱兴华于是找人写好“状纸”，将岳父告到法院。最后乡法庭介入，批评何家“干涉婚姻自由”，两人才得以结婚。1999年，因为无力负担超生第三个孩子的罚款，夫妇两人被迫离开老家，然而生活却一直不顺利。

从离开家乡至今，邱兴华搬了6次家。原因各种各样，结果却都一致：越搬越穷。邱兴华3个孩子上学的学费几乎从未按时交齐过。他自己则至少从事过10个行业，唯一一个有着较稳定收入的是捕鱼。据何冉凤说，邱兴华一天能捕40斤鱼，两天可赚到100元钱。但是，由于要交房租、买粮食，给3个孩子交学费和借读费，所以一直无法过上宽裕的生活。2002年，汉江发了一场大水，没法下网捕鱼，只能另谋出路。之后，他陆续从事过建筑、养蚕、修补等数个行业，但均没有很好的收益。2005年下半年，邱兴华承包的一处土方工程发生事故，赔偿了一名受伤工人4000块钱，导致这一年几乎没有收入，邱兴华的情绪由此跌入谷底。他晚上经常一个人闷头抽烟，一坐就是一通宵。他与何冉凤的关系也越来越差，一些微不足道的小事都会成为夫妻吵架的理由。案发两个月前，邱兴华突然提出，两个女儿不是他亲生的，因为走路姿势不像他。案发当月，邱兴华曾要求何冉凤和他一起去铁瓦殿。

子　墨：为什么要去铁瓦殿？

何冉凤：他说要去铁瓦殿问菩萨。我说，行。我想问了菩萨回来，我就不

邱兴华的妻子何冉凤

用受气了，这件事也有个了结。

子　墨：他更相信菩萨的判定吗？

何冉凤：因为这不是小事情，要是他要求我去而我不去的话，他会觉得这里头有更大的问题。

子　墨：做生意不顺利对邱兴华影响大吗？

何冉凤：肯定有影响，压力很大。每分每秒，他都在考虑家庭的生计问题。

子　墨：这种压力会在他身上体现出来吗？

何冉凤：这两年他经常喊头疼、心慌、头皮发木。

子　墨：他会跟你讲生意上的事吗？

何冉凤：有些事他跟我们说了，有些事情不说。说了，我们一家思想上都会有负担。所以有时他说，有些不顺心的事，一直没跟你们说，我一人担算了。

铁瓦殿坐落在海拔2000多米的山顶，始建于明代万历年间，方圆10千米都是茂密的森林，除了庙会等日子，这里少有人来。据何冉凤回忆，2006年6月，在邱兴华的要求下，他们在殿里住了7天。第8天，邱兴华突然执意下山，这一天正好下大雨。

何冉凤：下山的时候，他走着走着，就走到坡里去。头几次他到坡里去的时候，叫我等他，我就等他，第四次他又要到坡里去。那两天连续下雨，又吹风又下雨，冷得很，把我一身的衣服裤子都弄湿了，挨着路边的树木把路也遮掩了。他就找了一个一米长的木棒，拿在手里往坡里走。

子　墨：他为什么一次又一次往坡里走？

何冉凤：我也不知道，坡里什么也没有。他走到坡中间，我叫他，他跑过来拉我的头发，把我摔倒了，然后一膝盖跪到我的胸口上，最后把我衣服脱了，满身搜。

子　墨：他要搜什么？

何冉凤：他没说，走过来就扒我衣裳，把我衣服扣子全解开了，到处搜，啥也没搜到。

在何冉凤的回忆中，在泥泞的下山路上，邱兴华不断往小山坡上跑，还把她按倒在地，突然扒光她的上衣，她和邱兴华的矛盾已经到了极点。接着，她选择了一条认为不会再遇上邱兴华的小路继续下山，却不小心摔倒了，扎伤了手，之后再次遇上邱兴华。

何冉凤：手扎了，我就捏着伤口，走到山下，碰见他，他上来拉着我的手，往外硬扳。看到我手里流血了，他说，你这个手怎么搞的？为啥把手整成这样？他认为我是要自杀，所以把这手戳了个眼儿。

子　墨：他看到你流血受伤的反应是什么？

何冉凤：他一下子坐到地下，把我也拉倒，抱到他身上。那时候我不想坐他身上，我气大得很。我说，今天你说了我这么多难听的话，一天都把我往死里逼。他就哭了。我说，你哭啥？

子　墨：他为什么哭？

何冉凤：我也不知道他哭的啥。他说两个女儿初三要毕业了，说我们再苦一年就行了。

子　墨：他在小溪边是不是还帮你洗脚了？

何冉凤：是。下山的时候，鞋子脏了，弄破的那只手疼，我就用另一只手洗鞋和袜子。后来他说要给我洗脚，他说，我这么多年还没给你洗过脚呢，我也不说话。最后他把鞋子袜子给我洗干净了。

下山后的第二天，邱兴华让何冉凤回了几十千米外的住处，说自己办完一些事就回去。然而，当何冉凤再次见到他的时候，邱兴华已经成了一个杀人凶手。他在铁瓦殿犯下血案之后，几经逃亡，藏匿在深山中。公安部发出A级通缉令，并把活捉邱兴华的赏金从5万元提高到10万元，同时警方出动大规模警力，调动数百名群众搜山，然而一直没有结果。直到2006年8月19日，邱兴华突然自己出现在家中。

子　墨：他是怎么出现在家里的？

何冉凤：我也不知道，我在屋里。

子　墨：你见到他了吗？

何冉凤：见到了。他们把他抓到以后，我给他泡了一袋方便面吃，坐了可能有几分钟就走了。走了有快十里的路，才上了公安局的车。

子　墨：他在家里停留了多久？

何冉凤：只有几分钟。啥都没说，就是叫两个孩子能上学就上，不能上就出去打工，叫小儿子上学多念点书。

子　墨：最后他还是惦记着让孩子念书。他的样子变了吗？

何冉凤：变了，很黑，很瘦。

逃亡了几十天的邱兴华在家中吃完最后一顿晚餐，被警方押走。大女儿和儿子追着他们走了十几里山路，这也是何冉凤见邱兴华的最后一面。邱兴华从被捕到两次判决，一直表现得异常镇定。

邱兴华：杀人动机呀，反正你（熊万成）曾经摸过我的媳妇，我迟早要把你杀掉。

记　者：他一个人这么做了，你为什么要把其他人都杀了？

邱兴华：他们是不应该杀的，但我不把他们杀了，我又跑不掉。

记　者：你这样杀人之前有没有过预谋呢？

邱兴华：没有，我反正上去非得把姓熊的给杀掉。

邱兴华所说的摸了他媳妇的人就是铁瓦殿道观住持熊万成。因为这样一个简单的原因，他在铁瓦殿残忍地连杀10人，并且用鸡血在纸板上写下“古仙地不淫乱，违者杀”等字样。

邱兴华：我在山上睡，在山上吃水果，遇到苹果吃苹果，遇到生包谷吃生包谷，遇到花生就吃花生。

记　者：这么长时间你有没有发现警方在抓你？

邱兴华：我已经发现了。

记　者：发现了以后，你采取了什么行动？

邱兴华：我就怕了，所以我白天趴着睡，晚上走路。

记　者：你回到住的地方，准备干什么？

邱兴华：我准备回去见我儿子一面以后，把我所有的仇人都杀掉，最后再回来杀我媳妇。了结了我应该完成的事情，报了我应该报的仇。

记　者：想没想到过杀人之后要去自首？

邱兴华：我不去自首，我想自己死了就对了。

记　者：你家里现在还有什么人？

邱兴华：还有老婆和3个孩子。

邱兴华在法庭上　　邱兴华在认罪书上签字

记　者：你现在有没有想对他们说的话呢？

邱兴华：我只想对我儿子说，你要好好学习，长大以后要成器。

如此对答如流，邱兴华究竟有没有精神病？要不要为他做精神病鉴定？争执的另一方，犯罪心理学专家李玫瑾为邱兴华出了380个问答题，托记者捎给他回答，结果多数答对。李玫瑾据此认为邱兴华具有刑事责任能力。

李玫瑾：我在基层当过警察。我们一般接触一个人，要是有精神病，是不会把他送到法庭上去的，那是会闹笑话的。也就是说，根据常识经验，我们能够判断一个人是否有精神病，很多人就是因为这种判断被送进了精神病院。我们这些人不是傻子，这么多警察、检察官和法官，他们经历过无数案子，他们不是没有办过案的人，难道他们没有自己的专业判断吗？一些人从来没接触过案犯，只是在电视上看几遍，就认为邱兴华是精神病。我觉得这种人是置事实于不顾，只凭着自己的偏见。

庭审时，邱兴华面带笑容

邱兴华接受记者采访

子　墨：你提出过要给邱兴华做精神病的司法鉴定吗？

何冉凤：当时我想法院来问这件事情，就肯定要给他做精神病鉴定。我一直认为，法律对每个人总要公平对待，事情做错了是没错，但是法律上该做什么是要做的。他精神上如果没有问题，确实要负法律责任。法律上既然有规定，就要采纳，可是一直没有得到结果。

子　墨：这些意见你向律师，向其他人反映过吗？

何冉凤：反映过，反映了很多次。每次记者问，我说他的母亲和他的外婆，还有他表亲都是精神病。

邱兴华的家乡在陕西省石泉县后柳镇一心村何家梁。何家梁 8 户人家中 5 户姓何，邱家是单门独户。邱兴华的父亲在当年土改时从外地来此落户，分到一间房。邱兴华的母亲则自他记事起便有精神病。她经常会无缘无故地发脾气，连续几个小时自说自话，几乎天天如此。邱兴华的哥哥邱兴富评价他“脾气大，不能惹”，但他很少发脾气，受到欺负时，尽管心里恼火，却一般不会外露。

邱兴华爱看小说，常把自己与曾受“胯下之辱”的韩信相比。他常说的一句话是：不怕36岁死，就怕死后无名。

这起特大杀人案发生后，邱兴华成了媒体报道的焦点，成了一个全国皆知的传奇性人物。2006年10月19日，陕西省安康市中级人民法院对邱兴华一案进行公审。对于检方出示的所有证据，邱兴华均无异议。唯一的争执出现在检方对其“好逸恶劳”的道德判断上。邱兴华抗议道：“我不是一个懒人。我每到一个地方都在拼命赚钱养家餬口。”

在为自己辩护的陈述中，邱兴华说：“杀人偿命，天经地义。我认为我妻子和熊万成两人在行为上是不正确的，引起了我的愤恨，所以杀了他。再有一个，这个庙是一个圣洁的地方，不能够像他们（熊万成等被害人）这样调戏妇女。这一点在我的人格上不能接受，我认为，我愿意要名不要命。”

“85年（1985年），她（邱的妻子）娘家用暴力反对我的婚姻，法庭调解后，并没有得到解决，我也受过伤害。现在，我心里很难受，我也是爱家的，小孩让我想起15岁的儿子。人心都是肉长的，我丧尽天良，杀了那些人，他们没有得罪过我。我在这里向被我杀害的死者家属谢罪。我在这里，想求个情，希望不要抛弃我的家人，在他们有困难的时候，帮助他们。我再次向社会谢罪，向办案人员谢罪。”

法院一审判处邱兴华死刑，邱兴华当庭表示不服，提出上诉，因为法庭认定的杀人动机他不同意。一审中，邱兴华的辩护律师张勇并没有提出申请精神病司法鉴定，媒体报道是因为律师“不敢冒天下之大不韪”。在二审中，张桦被指定为邱兴华的辩护律师。他起初也不认为邱兴华有精神病，然而在看过案卷以后，他产生了疑虑。

子　墨：作案的过程中有哪些细节反映出他的不正常？

张　桦（律师）：他说熊万成调戏他妻子，所以对熊万成非常憎恨，导致对其他几个道观管理人员也憎恨。他把熊万成杀死以后，掏出熊万成身上

邱兴华的律师张桦

的小刀，把死者的眼睛剜下来，然后又拿刀把胸口剁开，把心肝肺掏出来，掏出来以后，又把脚底板的肉皮割开，把脚底的两根筋抽出来。邱兴华说，他把这些东西放到案板上切，切了小半碗。傍晚的时候，放上香油炒，炒熟喂狗吃。狗不吃，他以为没炒熟又炒了第二道，狗还是不吃……这就让人感觉到不可思议。他杀人以后做这些事情干什么呢？有这个必要吗？我们认为比较荒诞，不太正常。另外，他还把罗土生父子俩（受害人）的尸体从厕所旁边的道门拖回来，塞到熊万成住的床铺底下。为什么要放？他说这个地方的风水好，因为他们俩是无辜的，死了以后就让他们去一个好地方，类似上天堂一样。这一点也让人感到不可思议。你把人杀了以后，在白天还搞这些事情，我作为律师来说觉得不可思议。

除此以外，案卷显示邱兴华杀人之后还从容地整理了熊万成包里的功德钱，详细地计算了金额，并在一个笔记本上写下了702元的欠条，注明了日期。研究完案卷之后，张桦见到了邱兴华，他希望通过和邱兴华的会谈能够解答他在研究案卷中产生的疑虑。

子　墨：在看守所里面见到邱兴华以后，为什么会加深他精神可能有问题这种印象？

张　桦：其实我第一次见他的时候，对他精神有问题的印象还不太深。我只是对这个人非常感兴趣，认为他不像是一个在押的人犯，倒像是一个传奇人物，新闻人物、一般罪犯见到律师时的那种恐惧啊、空虚啊，他都没有，反而像见了一个非常熟的老朋友一样。特别我说明来意以后，说我是省高院为你指定的辩护律师，他很高兴，主动说，能不能让我抽烟？给人感觉，他是谈笑风生的一个人。

子　墨：他一点焦虑、恐惧、担心都没有？

张　桦：没有，在他身上找不到，他非常健谈。第二次见他的时候，我把开庭之前做的亲子鉴定给他看，打消孩子不是他亲生的这种怀疑。他看了以后，半天没说话，既没说信也没说不信，最后说了一句，如果要给我做精神鉴定，把我鉴定为精神病的话，那我写的书谁还看？他反而担心这个问题。他说，实际上我的脑袋不值钱，我写的书可能要值十个脑袋的钱。

据媒体的报道，邱兴华在看守所中一直在写书，他给张桦律师的信中也提到了这两本书，一本叫《金笔定江山》，另一本是他的自传。

邱兴华：有生这段时间，我把我的那部书写好，作为一个社会上有用的人的反面教材。

子　墨：他给你的信中有什么异常的地方吗？

张　桦：信当中着重谈到了他在1985年的时候被干涉结婚的问题。另外谈了他在杀人以后逃跑的这么多天里，他觉得国家的管理人员不太尽职，工作不太认真。还有就是他准备写的书《金笔定江山》，要为以后收复台湾作些贡献。就说了这些问题。

子　墨：他认为自己有精神病吗？

张　桦：没有。他倒没有拒绝我说他可能有精神病。但是他自始至终不承认自己有精神病。

2006年12月10日，北京大学、中国政法大学、清华大学、中国青年政治学院等5位教授在互联网上联名表示，“对于邱兴华是否有精神病，必须交由精神病专家来判断”。精神病专家刘锡伟说：“没有做就说明情况不明，没有做就说明证据不足。情况不明，证据不足，就不能保证判决的完备性。当务之急是应该给他进行精神病司法鉴定。”就在法学界争论着是否应该为邱兴华做司法鉴定的时候，何冉凤也回到老家，为邱兴华可能有精神病搜集证据。

何冉凤：我回去之后，找到知道他妈妈、他外婆有精神病史的人，让大家签字，写不了字的盖章，能写字的签上名。

子　墨：征集了多少人的签名来证明他妈妈和外婆是精神病？

何冉凤：十几个。

子　墨：这份证据被送到法院了吗？

何冉凤：我对张桦律师说了。

然而，当庭审中，律师张桦出具这份有着村委会印章和13人签名的证明时，陕西省高院却拒绝采纳。高院发现村委会之前曾出具过邱兴华的母亲没有精神病的证明，两者矛盾。

法庭审理后审判长宣判：

上诉人邱兴华故意杀人、抢劫犯罪时具有完全的辨认和控制自己行为的能力，故对辩护人要求对邱兴华进行司法精神病鉴定的意见不予采纳。

12月28日，邱兴华案件二审开庭。当天，邱兴华被执行枪决。

邱兴华案件二审开庭的消息，何冉凤是通过记者知道的。当她连夜从家里赶到法庭的时候，庭审已经结束了。

子　墨：你没想到在他被执行之前见他一面吗？

何冉凤：我很想跟他见面。

子　墨：司法机关没有通知你，他即将被执行死刑了吗？

何冉凤：没有，一直没通知我。

子　墨：看到他的遗物吗？

何冉凤：没看到。

子　墨：遗体呢？

何冉凤：没有。我听说是开了4分钟的庭，然后就上路去刑场了。打了一枪，血流了一米多远。还听说他早上就吃了一个馍，喝了一杯水，就吃了那么点东西。当时我听到这个话，心里好难受，像刀割一样。

子　墨：他留下什么话了吗？骨灰交给你了吗？

何冉凤：骨灰的事情，现在打电话问呢。说是还要收钱。骨灰盒最便宜的是500块钱，还有火化的钱。

子　墨：他生前在看守所里写的书，你去要过吗？

何冉凤：看守所和公安局的说法是，邱兴华的东西都被拿走了。看守所说是法院拿走了，法院说啥东西都没拿，就拿了两本书，把书拿回去之后已经销毁了。

邱兴华的死和他的杀人案件一样引起了诸多媒体的关注。甚至有专家提出，邱兴华死后，精神病学专家依然可以根据他的行为鉴定他在作案时的精神状态。而一项网络民意调查显示，60%的人都认为应该对邱兴华进行精神病鉴定。

子　墨：司法鉴定的请求最终被拒绝，在您意料之中吗？

张　桦：不在预料之中。我们认为我们提出的问题具有一定合理性，而且那些案卷，法院和公诉人都看了，又不是我们满嘴胡说的。虽然我们不能提供相应的证据证明他是精神病，但至少有一定的合理怀疑性。那么，警察和法院就应该根据我国《刑事诉讼法》第119条的规定，为了查明案件事实，聘请专家对他进行精神病司法鉴定。我们当时都认为这个鉴定是很可能做的。但最后没想到是这样一个结果，我感到很遗憾。

子　墨：司法鉴定的请求为什么会被拒绝？民间有各种各样的猜测，有人认为是司法机关本身缺乏自信，担心如果他真是精神病的话，不能执行死刑，不足以平民愤？

张　桦：从现行法律来说，真正启动对被告人和嫌疑人进行司法精神鉴定的权利在公检法。这个权力，国家是赋予公检法的。我们律师虽然提出来了，但是法院在审理当中，根据他们所调查认定的事实，认为邱兴华在精神方面没有问题；可能就像媒体所说的，他仅仅有人格障碍方面的问题，所以他们就没有采纳律师的意见。目前的法律就是这样规定的，没有规定说律师可以独立地启动一个司法程序。

对于何冉凤而言，邱兴华的死也并没有了结一切。在2007年初，她已经正式委托律师向最高人民法院递交了《刑事申诉状》。申诉状指出，陕西高院在审理被告人邱兴华杀人、抢劫案过程中，违反了《精神疾病司法鉴定暂行规定》第7条、《刑事诉讼法》第119条的强制性法律规定，没有对可能患有精神疾病的被告人进行司法精神病学鉴定，审判程序严重违法；终审裁定认定被告人精神正常、具有完全刑事责任能力缺乏充分的事实依据，没有排除对被告人精神异常的合理怀疑。同时，还指出陕西高院违反了《刑事诉讼法》第43条的规定，没有全面收集本案有利于被告人的证据；还违反了最高人民法院《关于执行〈中华人民共和国刑事诉讼法〉若干问题的解释》第55条、第58条的规定，剥夺了被告人的抗辩权利，影响本案公正判决；最后，陕西高院违反法定程序，没有提前3天通知辩护人第二次开庭时间。何冉凤希望最高人民法院重新审理此案，并为已经执行死刑的邱兴华做缺席司法精神病鉴定。

子　墨：你会一直坚持去申诉吗？

何冉凤：我肯定要得到结果，他有没有精神病，需要得到法律上的答复，给几个孩子也等于是减轻一些负担。

子　墨：你自己呢？今天提起邱兴华，你会想到什么？

何冉凤：我想到该给他做的没做。想到这个事情，心里相当难过。至于他有没有精神病，起码精神鉴定专家可以给予一个结果，让我心里有个安慰。

子墨点评：

邱兴华已经被执行了死刑，然而尘埃并没有完全落定。中国的法学专家们还在继续地争论，中国现有的法律制度对于启动精神病司法鉴定的程序和规定是否完善；心理学家也在继续地研究，一个普通的中国农民为什么会在一夜之间变成杀人狂魔。当然，传播学者也会继续地反思，媒体的关注对于一个正在审理的刑事案件会起到什么样的影响。无论如何，我们都相信，反思、争论会让我们的社会更加理性，也更加公平。

怀揣万元的农民叶正生在火车站遇上了贼。奔逃之中，开来一辆110警车。他跳上警车，寻求保护，却被径直拉往精神病院。打针、住宿、吃药……叶正生一直坚持自己没病，却在精神病院被“治”了42天，所用费用就从他身上带的1万元里出。叶正生到底是不是精神病？这42天里究竟发生了什么？

叶正生在奔逃的过程中，左眼被歹徒打伤

2006年11月25日上午9点，37岁的江西乐平市接渡镇下窑村村民叶正生正在贵溪火车站等车。贵溪是个中转站，叶正生的目的地是浙江义乌，妻子徐娇英则要回家。10个月前，夫妇俩一同到浙江盘安县打工。工作场所是一家垃圾收购站，他们负责垃圾分类，每月工资800元，老板管住。

几天前，接到亲属电话，说两个留守在家的孩子身体有恙。徐娇英无心务工，要求丈夫一同回家。叶正生有些不情愿，认为农闲季节回家，耽误赚钱。他拿出1200元现金，让妻子坐车先回家，自己则带着1万元现金返回浙江义乌，要么找朋友做点小生意，要么批发点年货回家卖。谁知刚掏出钱来买票，就被贼盯上了。

子　墨：11月25日那天发生了什么？

叶正生：我在贵溪火车站正拿钱给我老婆买票，被人盯上了。

子　墨：你发现被他们盯上之后，有没有逃跑？

叶正生：当时没跑，后来一个人过来踢我的箱子，另一个人伸手拉我的箱子，我开始害怕了。

子　墨：箱子里装的什么？

叶正生：衣服。

子　墨：箱子被抢走后，你的第一反应是什么？

叶正生：我想跑，因为钱在身上，箱子里的衣服反正不值钱。我开始沿着马路拼命地跑。三四个人跟在后面追，还打我。我的左眼挨了打，打了 4 厘米宽一个口子。

子　墨：用什么东西打的？

叶正生：铁器。我左眼看不见，就知道是个铁家伙。

就在这千钧一发的危急关头，奔跑中的叶正生看见一辆巡逻的 110 警车……获救之后，巡警提出要么送叶正生去火车站，要么移交派出所处理，叶正生拒绝了这些要求。他仍处于极度紧张之中，和巡警寸步不离，甚至用双手抱住警察不让其离开，并表示自己身上有钱，要求巡警用警车送他回乐平老

江西贵溪火车站

家。在和叶正生纠缠不清的情况下，巡警认为叶正生精神有问题，骗他说要送他回乐平老家，让他上车后直接把他送到了贵溪市精神病医院。

子　墨：看到的警车是哪里的？

叶正生：贵溪的。

子　墨：有没有告诉警察到底发生了什么？

叶正生：告诉了，发生抢劫了嘛。

子　墨：你当时的表现是不是特别惊恐、害怕？

叶正生：主要怕的是钱。钱比命还重要，命当时都没有多想到。不是为了保住钱，左眼不会被打得这么厉害。

子　墨：你在警车上有没有过激的行为，导致警察会觉得你精神状态有问题，比如特别狂躁、不安，有一些和普通人不一样的行为？

叶正生：只有紧张。

子　墨：民警有没有暗示过你要把你送到精神病院？

叶正生：没有。我说送我到乐平市公安局去，他叫我上车，上车后就把我送到精神病院了。

据最早对此事进行报道的《江南都市报》记者表示，他在采访当地警方时看到了巡逻大队对这件事的处警记录："处警时间：2006年11月25日9时30分；发案地点：建设大路；简要案情及现场处理情况：叶金生（真实姓名为叶正生）在建设大道被一个不知姓名的人用铁棍打伤左眼，移送到贵溪市烧箕山派出所；处警人员姓名：章剑星、汪永辉；领导批示：谭洪堂。"在这份记录上，没有找到将叶正生送到精神病医院治疗的任何记录。

子　墨：你有没有问过警方这样做是否合乎手续？

贵溪市精神病医院

金其会（《江南都市报》记者）：警方这样解释：叶正生是不是精神病患者，作为警方我们没办法判断。我们只有把他送到精神病院，通过专科医生来诊断他是不是精神病患者。如果是精神病患者，他需要治疗，就留在医院继续治疗；如果不是精神病患者，医院应该及时把他放出来。

上午 11 时左右，叶正生被警车送到了距离贵溪城郊 2.5 千米的精神病医院。这是一家民营医院，只有 3 名医生，3 人均从上饶市医专毕业。除了院长戴迪是主治医生之外，其余两名医生都相当年轻。戴院长说，患者到达医院时头破血流，拒绝下警车。民警将患者强制带出警车后说，这是一个精神病人，砸了车，要求医院收治下来。当时，医院要求民警为患者办理入院时，民警说，患者身上有钱。

戴院长说，因为患者非常不配合，他们将患者弄进病房非常困难。从病房出来，发现民警已经离开，连姓名和联系电话都没留下。随后，他们在患者身上搜到了身份证和 10100 元现金。当时，他们将 9600 元现金打入微机，作为对患者的治疗费用。其余的 500 元钱交给护士代为保管，用于患者平时的零用。

贵溪市精神病院的戴院长
坚持认为叶正生有精神病

患者叶正生在这里以精神病患者的身份被强制治疗了42天。他到底是不是精神病？42天里发生了什么？叶正生和戴院长给出的竟是几乎相反的答案。两种说法演绎出两个截然不同的版本。

分歧一 叶正生进入精神病院时的状态

戴院长：他刚来的时候，受到刺激，一直讲有人杀他，我们医生碰都不能碰他。这种情况下，我虽然不能确定他有没有精神病，但最起码这个人有问题。我们让他冷静一下，但他一到病房就打医护人员。

叶正生：他骗人！

子　墨：你有没有揪着医护人员的脖领？

叶正生：怎么会？他们给我打了一针我就没力气了。

戴院长：我们正当防卫，怕他打人，给他打了冷静针把他保护起来。如果他被人抢劫，情绪好点之后应该会把事情说清楚，但他清醒以后，就开始用被子蒙着头睡觉，饭也不吃，我们只好让他休息。

叶正生：醒了之后我就求他放我出去。

子　墨：求谁？

叶正生：求戴院长。

子　墨：怎么求他？

叶正生：我说我没病，放我出去。他就打我，说打你就像打一条狗。

戴院长：我可以对天发誓，他哭哭啼啼地讲，我家死人了，出大事了，院长求求你，让我回去，用这种口气说的。我绝对不会打病人一下的。

分歧二 叶正生是否出现过幻觉、幻听

子　墨：戴院长说你求他把你放出去，因为你家里要出大事了，家里有人要被杀了。

叶正生：那是他乱说。

子　墨：在医院这 42 天，你有没有过这种想法：村里的人告诉你，有人要把你家人全杀了？

叶正生：没有，不可能。

戴院长：到了第三天，这个病人开始讲话了，哭着说，医生放我出去。我问是什么事要我们放你出去？他说我家出大事了。我问出了什么大事？他说不关你事。他 25 号来的，27 号就说家里出大事了，有人要杀他。

子　墨：从来没有同村的人在你耳边说话？

叶正生：没有。

子　墨：有没有告诉过戴院长你听到过这样的话？

叶正生：没有。

子　墨：有没有担心过有人要把你家人都杀了？

叶正生：不可能啊，他们又没有得罪人。

戴院长：他说，我听得到（家里有人被杀），你听不到啊！作为一个精神

病医生，从这种言谈中可以看出他有一种明显的幻听。

子　墨：病例上记录了他说过这些话吗？

戴院长：病历没有记全是我们的最大失误，但我讲话可以对天发誓。

分歧三　叶正生为什么不吃饭吃药

戴院长：病人从30号开始不吃饭，不吃苹果。他说医生和村里人串通起来害他，饭里有毒，苹果也有毒。我就强制帮他灌了鼻饲，用一根管子从鼻子插到胃里，把牛奶和药打进去。一直到他清醒了开始吃饭。

叶正生：我拒绝吃饭，他就给我鼻子里灌水。

子　墨：为什么不愿意吃饭？

叶正生：我想，不吃饭的话你总要放我走吧。我不吃饭会饿死，他们会害怕的。

戴院长：因为他一直不肯吃饭，不能饿死，也不能打针，只有从鼻孔里引管子插到胃里。在这种情况下，才把他强制按在地上。

子　墨：叶正生说他不愿意吃饭是因为饭里有药，他不想吃药，怕药伤害脑子。

戴院长：饭里有药，苹果里也有药吗？他连苹果也不吃。

子　墨：戴院长说你除了不吃药，还不吃水果和零食。

叶正生：我要省钱。

子　墨：你担心在里面吃住花钱？

叶正生：是。

子　墨：可是戴院长说你不吃苹果，是因为你有妄想症，认为苹果有毒。

叶正生：那不可能，戴院长怎么这样说话？

子　墨：后来怎么又吃了？

叶正生：没办法啊。他为我买了水果就记到我账上，他说反正钱在他身上。

我的1万块钱在他身上。

分歧四 叶正生接受了哪些治疗检查

子　墨：有没有做过一些基本的检查，比如心电图什么的？

叶正生：没有，只量过一次血压。

戴院长：医院有50多个病人，我搞精神病研究20多年，精神病人吃药都有一定副作用，就是怕他们有什么差错，我每天对每个病人都查房，检查以后让医生开医嘱。

子　墨：有没有考虑过也许戴院长是为了你好，他认为你有病，所以让你吃药？

叶正生：我考虑过，但我没病。

子　墨：你用什么方式拒绝吃药？

叶正生：我的腿被他们强行打过针，打得走不成路，我就觉得不对头。直到现在，我走一里的路都要休息两次。

子　墨：这42天里，除了幻听、妄想，他还出现过其他症状吗？

戴院长：没有明显的，除了肢体上有风湿。他一见我就蹲下，我说你蹲着干什么？他说他有风湿性关节炎，现在犯了，只有蹲下去才舒服些。这些都是千真万确的。

分歧五 医院为什么没有及时联系家属

戴院长：我告诉他别着急，过几天你好一点我就和你家里联系。他清醒一点以后，我们都是以礼相待，很客气地谈话。

叶正生：我不吃饭，走路下楼就发昏。想想只有去吃饭，要不然身体会不行的。

子　墨：药呢？

叶正生：药也吃，不吃的话他们会在饭里下药。

子　墨：每天想的最多的是什么？

叶正生：想自救。我对在医院上班的临时工说，你帮我打电话，我给你1000块钱。

子　墨：他帮你打了吗？

叶正生：开始十来天我不知道。问他，他说打过。后来没办法，我说要不你把手机带来，我亲自打个电话回去。

戴院长：没有及时通知他的家属是我最大的失误。因为我看到他的自制力还没有恢复，对自己的病情也没有认识，我就说等他病再好一点再通知家属。如果他没有病我把他关在这里，我就丧失了做人的尊严，连猪狗都不如！

子　墨：假如那个护工没有帮你打这个电话会怎么样？

叶正生：那也没办法。只有花钱才可以出来。我知道他们不会放我，那个护工说，你这个钱不用完，他不会放你出去。

最后各自的结论

戴院长：我如果连最起码的精神病症状都诊断不了，那我不配做医生，也不配做人。

叶正生：我就是没病啊，我是受冤枉被送到精神病院的。

1月7日清晨，接到求救电话后，叶正生的亲属非常吃惊。他们原以为叶正生和老婆闹矛盾后又出去打工了。亲属商量后，决定派叶正生的叔叔袁为善父子到贵溪解救他。袁为善是一名老中医，他的儿子袁长春是江西东风制药厂的职工。袁氏父子立刻启程赶往贵溪，然后找了两名当地朋友一同前往精神病院。下午1时30分，一行4人到达贵溪市精神病医院后，医院拒绝放人，说叶正生是警方送来的病人，应该由警方出面才能放。袁为善在和医院僵持的过程中，也被指责是精神病患者，于是报警求助。在公安局没有出警的情况下，一行4人又从郊外步行到城区，然后打的到贵溪市公安局巡逻大队。随后，副大队长谭洪堂开着警车赶到精神病院。经过民警交涉，院方为叶正生办理了出院手续。

袁为善：一共开了5道门我才进到医院。上了二楼后没见到人，有人说他在洗澡，我就到洗澡间，他没在。我喊他名字，他答应后我顺着声音找到房间，在房间外面听见有个女医生正对他放话，意思让他在家属面前不要乱说话。见到他以后，我问他怎么这么多天都不打个电话？他说出不去，给锁起来了。说进来的时候就打针给打昏了，4个人把他抬上楼，还拿走了1万多块钱，在医院不吃药就挨耳光。

子　墨：你当时看到的叶正生和之前印象中的叶正生有什么不一样吗？

袁为善：没什么不一样。什么挨打啊，饭里拌药啊，他都告诉我了。思维清楚得很，与正常人完全一样。我可以担保他不是精神病。他这个人脾气比较急躁，说话比较粗暴，这个是有的，没有文化的人是这样。

结账时，医院共计收取医疗费用3341.83元，其中床位费430元、护理费430元、心理治疗费430元等，还有一些其他费用549元，同时退还了剩余的6258.17元。家属对叶正生在精神病医院被关了42天而没有得到通知感到很气愤，他们认为一定是医院要弄叶正生的钱才会这样做。戴院长否认了这种说法，他表示即使病人没有一分钱他们也要进行积极的治疗。

子　墨：账是怎么结的？

袁为善：医药费、护理费3000多块钱，剩下6000多块钱让我打一张收条。账上什么都清楚，药价过高，比如头孢噻呋钠，一般1.3元一支，他这儿一支

司法鉴定书认为叶正生是正常人

看着叶正生长大的村民作证他一贯神智正常

是 14.7 元，高得不得了。我出示医师证给他，他脸色就不对了，没有算那么高，本来绝对不止这么多的。为什么讲医院是要弄钱呢？因为他们把 1 万多块钱抢下来以后，就把 9600 元作为治疗费，500 多元作为零用费。为什么要把 9000 多元用作医药费呢？难道不可以少一点吗？而且即使是精神病人，也没有仪器做检查，就仅凭他讲。我问他，你怎么知道叶正生是精神病呢？他说，我讲他是精神病他就是精神病，我讲他不是精神病他就不是精神病。我说你用仪器做什么检查了吗？他说到目前为止国家还没有哪种仪器能检查出来，不需要做什么检查。

子　墨：假如当时他身上没有 1 万元现金，您还会给他治疗吗？

戴院长：曾记者你问得很好。在我的医院里，每年至少要收治 15 个没钱的病人，都是 110 民警在外面看到这些病人送来的。哪怕是夜里 12 点送来（我都会收），不相信可以看记录。

从精神病院出来以后，叶正生回到了自己的家中，对于自己 40 多天的离奇遭遇，他至今还没有缓过神来。但他为了争取自己的权益，在亲戚朋友的帮助下决定要讨一个说法。2007年1月11日，叶正生在江西景德镇昌南精神病学司法鉴定所对自己是否患有精神病进行了司法鉴定。结果是：他是正常人。

子　墨：你认为这个结果代表什么？

叶正生：代表我是正常的，我本来就是正常人嘛。

袁为善：我们村的公社也出了证明，他从小到大没有精神病史。

子　墨：但是这份司法鉴定没有办法判断事发的时候他是不是处于精神病状态。

袁为善：我估计还要做个精神病鉴定。

叶正生居住的下窑村是一个并不富裕的小村庄，村里的青壮年基本都在外面打工。叶家说，叶正生是全家人的主心骨。村民说，叶正生平时没有任何不正常的行为。

子　墨：他在精神方面出现过异常吗？

村民甲：没有任何毛病。

子　墨：他有没有任何妄想？

村民甲：没有，什么事都没出现过。

子　墨：你觉得他精神很正常？

村民甲：非常正常。

子　墨：您认识叶正生多长时间了？

村民乙：从他出生我就认识。

子　墨：他精神方面正常吗？

村民乙：很正常。

精神病院的经历给叶正生留下了心理阴影

子　墨：没有出现过任何异常情况，比如急躁、狂躁？

村民乙：他没什么急躁的事情。

子　墨：他会不会感觉到有人说话而实际没有？

村民乙：没有这个事情，他一贯很正常。

在贵溪市精神病医院“治疗”了42天后，叶正生的身体变得很虚弱。每走一小段路程后，他都要蹲下来歇息，说左腿坐骨神经在打针时因为抗拒而遭到伤害，走路稍微远一点就会疼痛难忍。对于叶正生是否属于精神病患者以及他的坐骨神经痛的根源，贵溪市卫生局有关负责人表示要通过法医鉴定才能确定。

子　墨：提起戴院长，你会恨他吗？

叶正生：恨，我没病，他却搞得我连路都无法走。

子　墨：凭借您做精神科医生的专业知识和做医生的良心，您认为叶正生当时是百分之百有精神病吗？

戴院长：千分之千的精神病人。我发誓，如果他没有病，我把他关在这里，我就丧失了做人的人格尊严，连猪狗都不如。

子墨点评：

由景德镇市第四人民医院内所设立的景德镇市昌南精神病学司法鉴定所对叶正生所进行的司法鉴定并没有得出清晰的结论，尤其是对事发时叶正生的精神状态没有进行任何的判断。而在这42天之内到底曾经发生了什么，叶正生和贵溪市精神病医院之间也是各执一词，针锋相对。回顾整个事件，我们会发现叶正生本人是不是精神病患者似乎已经变得不再那么重要，更为重要的是贵溪市“110”以及贵溪市精神病医院是否做到了真正意义上的程序正义。

无罪嫌疑

飞来横祸，因为一滴蚊子血，他成了杀人凶手。两次被判死刑，竟是无辜受冤。1983年判刑，1990年出狱，至今仍是一名取保候审的杀人嫌疑犯。没有任何说法，没有一分钱赔偿。24年过去了，“李志平故意杀人案”仍未结案。一个人为自己从未犯下的罪行，白白浪费了24年的生命。

李志平，河北省定州南町村的一个普通农民。1983年，他还是一个二十五六岁的健壮小伙子。他在村里处了个女朋友，打算结婚却苦于没钱，只好告别家乡到山西大同打工。5月份家里要收麦子，他就回家帮忙。一个月后，麦子收完了，他于6月19日早晨返回大同继续打工。他丝毫不知道的是，就在这一天的凌晨，他们村里发生了一桩命案，这桩命案竟然改变了他的一生。

子　墨：24年前，这一切事情到底是怎么发生的？

李志平：一个月后，公安局的闫顺利带人到了大同。工长把我从工地上叫过去，公安局的人向我问话。问我什么时间到的大同，收小麦期间干什么了？我把经过说了说。当时我穿了一件白背心，背心上有一个血点，是蚊子咬我后我抓破的。他们让我把白背心脱掉，同时取走了我的几根头发，说要做化验和调查。

李志平这时候才知道，同村的朱英杰6月19日凌晨在家中遇害。凶杀案发生后，定县公安局由一名副局长带队，十多名警察吃住在村里，一连在村里驻扎了50多天，对2000多名村民一一排查。警方根据现场勘查认为，凶手当时是越过院墙，用类似木棍的凶器重击朱英杰的头部而致死。由于死者家中没有丢失财物，警方排除了“谋财害命”的可能，把侦破方向定为“仇杀”。

子　墨：公安人员为什么会把怀疑目标放到你的身上呢？

李志平：这个事我也闹不清。我是初九那天早上走的，他初八晚上死的，可能在时间上怀疑我吧。

子　墨：你认识他（死者）吗？

李志平：认识，我们是一个村的，一起打过工。

子　墨：发生过争执矛盾吗？

李志平：1982年我在大同打工，他和我师傅因为工程质量的问题发生过

李志平已经年近五十

矛盾。当时我师傅是工程队工长，因为质量问题训斥过朱英杰，在工地上吵过嘴，不过吵完以后也就没事了。

正是李志平提到的这次口角，在当时定县公安局看来就是他的杀人“动机”。一个月后，河北的公安人员再次来找李志平，一上来就把他摁住，给他戴上手铐。李志平急问为什么，没人回答。他们一行人连夜登上了从大同开往定州的火车。在火车上，李志平戴着手铐在车厢地板上跪了一夜，到了定州又被铐在一棵大树上。

子　墨：带到公安局之后做什么呢？

李志平：当时天还没黑，他们把我带到公安局，让我抱着一棵很粗的树，用手铐铐着，手成黑色的了。

子　墨：为什么把你铐在树上？

李志平：我闹不清，准备对我拷打、训问吧。天黑后，他们把我从大树上解下来，带到审讯室，问我是怎么杀的朱英杰。我说我根本没杀朱英杰，我跟他无冤无仇凭什么要杀他？他们说，你要老实交待。我说我没有杀人，你让我交待什么？几句话后他们就开始打我。

子　墨：怎么打呢？用器械还是……

李志平：用竹条竹棍子，四五个人一起围着我打，直到我躺在地上不省人事。等我醒来，发现自己已经被送到看守所了。

子　墨：打你这个过程持续了多久？

李志平：第一次有20多分钟，打得我衣服都脱不下来，要一块一块撕下来。

子　墨：是血把皮肤和衣服粘在一起了？

李志平：粘到一起了。

李志平一再申辩自己根本没有杀人，但没人相信，他们只是打他，打得他昏迷不醒。他现在已经记不清自己在审讯室里待了多少天，只记得自己是被打昏了又醒过来，醒过来又被打昏。因为刑讯时被拽得太厉害，他的右胳膊至今都无法伸直。最后，在这种状态下他录下了一份口供。

子　墨：他们怎么让你承认的？

李志平：不承认就打你。杀人经过我不知道，他们就教我怎么说，比如你是不是跳窗进去的，因为现场有脚印。他们让我照他们说的话再说一遍，他们做记录。

子　墨：你的意思是警方手里掌握的这份口供，完全是他们说一句，你说一句，是他们教你的？

李志平：是，他们让我这么说。打得我受不了了，让我承认，他们教一句，我说一句。

拿到这份口供以后，警方还需要其他证据。他们来到李志平家，在他家的鸡窝拆下一条木棍，又拿走一双李志平的旧鞋。就这样，案发后两个月，这起杀人案破获了。1983 年 11 月，李志平以故意杀人罪被正式逮捕。1984 年 11 月 6 日，保定中级法院开庭审理此案，李志平当庭翻供，说自己是被刑讯逼供的。但是经过审理，法院还是认定李志平杀人罪名成立，判处死刑。李志平决定上诉。

子　墨：开庭的时候你有没有喊冤？

李志平：喊了，我当庭骂审判长吴德文。宣布完我死刑以后，警车把我拉到看守所，我在路上一直喊冤，一直骂。

子　墨：得知死刑之后，在看守所里每天都想什么呢？

李志平：不想什么，看守所的墙那么高，院子那么小，什么都不想，还想啥啊，反正我已经提出上诉了，就等着上边裁定了。

李志平上诉以后，当时担任河北省高级人民法院审判长的张志来到定县提审李志平。李志平给审判长看了他的血衣和身上的伤情。省高院还注意到，定县公安局在案发现场提取到的掌纹和足迹有含混不清的地方。他们决定撤销原判，发回保定地区中院重新审理。2005 年，律师刘晓原接手李志平的案件。令他感到吃惊的是，那些给李志平定罪的证据，从他的专业角度来看，一个都站不住脚。

疑点一：凶器

刘晓原：他们说凶手右手拿棍，左手爬墙，翻进去打死受害者，但是这个棍棒上并没有李志平的手印，而且开庭的时候也没有提供凶器。当时辩护律师要他们拿，他们拿不来只提供照片。

李志平的律师刘晓原

疑点二：血迹

刘晓原：背心上有血点，经过化验是李志平的血，是蚊子叮咬后抓破的。犯罪现场的血是死者的血，没有找到李志平的血迹。

疑点三：掌印和脚印

刘晓原：掌印不是他的，脚印经过鉴定只是有点相似。他们开庭时拿那双鞋给李志平穿，大了一寸多。

卷宗被退回了公安局补充侦察。就在李志平看到希望的时候，定县公安局却补充出一个重要的证据。他们把掌纹送到了北京市公安局鉴定，得出了这样一份鉴定报告："朱英杰夫妇被杀案，现场提取的土迹掌纹是李志平的左手掌所留。"1985年9月2日，保定中院再次判处李志平死刑。所幸，河北省高院第二次拿到死刑判决后，并没有匆匆下结论，而是把关键证据掌纹送往公安部复核。得出的结论恰恰相反：掌纹不是李志平的。1986年3月20日，省高院第二次将李志平案发回保定中院重审。

子　墨：如果高院认为证据不足，公安机关怎么会意识不到这一点，而一定要把李志平定为杀人犯呢？

刘晓原：如果证据被推翻了，李志平无罪了，他们就要承担法律责任。有一个知情者说，他们曾经通过一个在北京警察学校工作的人，也是定州人，通过他找到北京市公安局负责痕迹鉴定的专家马某，通过这种不正常的关系，鉴定脚印是李志平的。

子　墨：得知第二次死刑判决的时候，心里还抱有希望吗？

李志平：感觉这次可能没希望了。因为省高院把材料驳回来重审后，中院根本没有详细地提审过我。

刘晓原：就把案发现场的脚印和掌印送到公安部复核检验，公安部又将脚印和掌印分别送到辽宁省公安厅、黑龙江公安厅、湖北省公安厅、天津市公安局检查，检验后认为不是李志平所留。

子　墨：如果仅有口供，没有任何明确物证，那么公安机关到底出于一种什么样的目的，要把李志平认定成杀人犯？

刘晓原：李志平的案子属于非常时期，有点特殊。当时是1983年，正是“严打”期间，国家从重从快对刑事犯罪分子进行严惩和打击，从而惩治犯罪活动。这种时候定州发生凶杀案，公安机关的压力非常大。

1983年，中国掀起了一场“严打”，由公检法联合执法，对一切犯罪行为采取“重、严、快”的方式。朱英杰之死刚好发生在“严打”行动开始时期，以至于有人认为，李志平没有被糊里糊涂枪毙，已算是万幸了。

第二次死刑判决被河北高院撤销后，案件又被发回保定中院重审，中院把

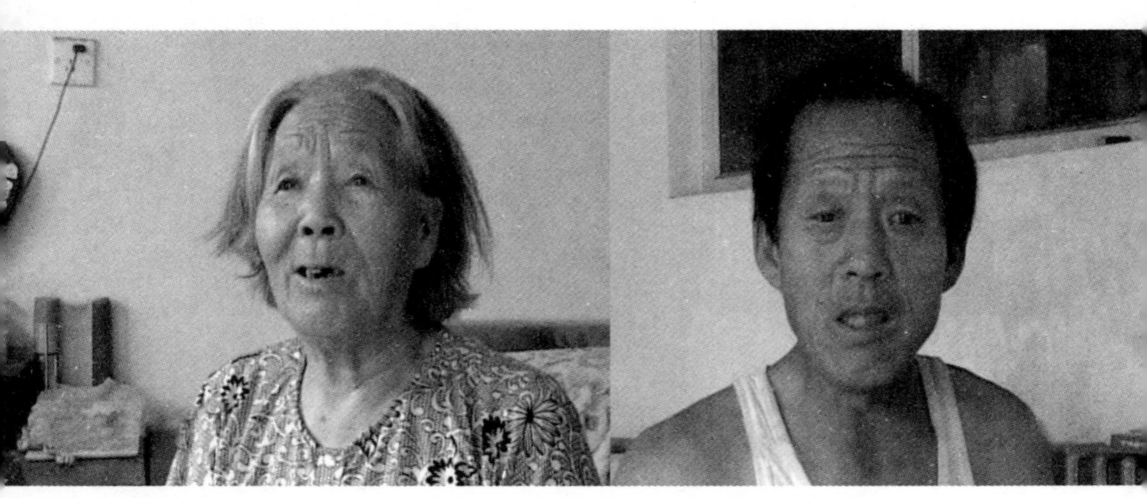
李志平母亲　　李志平大哥李志英

案子退回保定地区检察分院，检察分院继续将案件退回公安局补充侦查。谁知此案退回到公安局以后，就再也没了下文，没人知道谁在管这件事，也没人知道事情处理到什么程度，反正一天又一天就这样在“查案”中度过，而李志平也一天又一天被关在看守所里等待洗清冤屈。此案一“查”，竟是6年多。在此期间，李志平的亲人也因为这件冤案的煎熬，病的病，死的死。

子　墨：能见到家人吗？

李志平：一直没见到过家人，和外边也联系不上。天天想家，今天这个人被放了，明天那个人被放了，我一直没有放出去的消息，看到别人扛着铺盖卷子回家，我心里就特别急。

子　墨：家里发生了什么，你知道吗？

李志平：不知道。1985年，有人告诉我父亲死了。1983年我被逮捕，判了死刑后，我父亲被吓得大病一场，时间不长就去世了。我在看守所里听到这个消息非常难过，哭了好几天。

李志英（李志平哥哥）：过年的时候，我父亲买了点肉，让我给志平送去，到了看守所，人家说不让送，我这个人又老实，就把肉拿回来了，我父亲就急得病倒了。因为过年是一家团团圆圆、欢欢喜喜的日子，这时候自己的孩子却在狱里受苦。

子　墨：如果你没有被判死刑，父亲就不会这么早走。

李志平：确实。我被判死刑以后，母亲也大病一场，花了好几千块才把病治好，可是我父亲去世了。

1990年7月，有一天，李志平的大哥李志英来看守所看他，说经过全家的努力，找路子托关系，现在公安局同意将他取保候审。李志平一分钟也不想在看守所里多待，无论如何也要快快出去。入狱前，李志平订好的一门婚事也吹了。出狱后，李志平要一切从头开始为自己谋生计。

李志平：看守所的管理人员从牢房里把我带出来，告诉我大哥来看我了。当时我心想，我哥来看我，肯定有希望了，是要放我啊。见到我哥，他说现在公安局要取保候审放你，你要不要出去。我说，出去吧。本来我家里人一直不同意就这么让我出来，要让公安局赔偿我损失。但我跟我哥说，在看守所待了7年，我实在待不下去了，还是现在出去吧。

子　墨：回到家里和以前一样吗？

李志平：不一样，我回到家以后，家里已经完全变了。弟兄5个，除了我都成家立业了。家里没有我的房，也没有我的宅基地，什么都没有我的。

子　墨：现在你的生活怎么维持，经济来源靠什么？

李志平：看守所整得我身体坏了，有病，去打工也没人好好用我。现在的经济来源就是找地方打工挣点零花钱，一年下来也挣不了多少。

李志平面临的更尴尬的是自己的身份问题。案件第二次发回重审后，当地法院并没有再次开庭审理。法院没有宣判他无罪，定县公安局也没有撤销他的案件。白白被关押了 7 年，一朝走出看守所，他还是一个被取保候审的嫌疑犯。李志平的人身自由受到限制，而且拿不到一分钱赔偿。

李志平：我被放出来一年后，到定县公安局找他们。他们说你要取消取保候审，先让公社给你开个证明。我说你们让我开什么证明？公社能证明我没杀人？闫顺利就说要看我的表现怎么样。

子　墨：他们承认抓错人了吗？

李志平：谁也不承认，但是把我放出来等于证明他们错了吧。

子　墨：放出来毕竟是取保候审，和无罪释放是两回事。

李志平：是啊。他们把我放回来以后，附近每发生一起刑事案，尽管我在外面打工，他们都会把我找回来，让我按手印，走脚步，取我的脚印和掌纹。

李志英：他们还对治保主任说，李志平以后不能出远门，不能串亲戚，有事跟大队治保主任请假。就是说，李志平出了狱，也没有人身自由。

走投无路的李志平开始四处上访。1998 年，他的上访终于引起了河北省高层领导的关注。上级指示司法机关对李志平冤案进行复查平反，解决好遗留问题。然而就在工作组进行复查时，更为蹊跷的事情发生了：先是保定市中级法院的卷宗丢失，接着定州市公安局的侦查卷宗也找不到了。复查工作因此就不了了之，没有再进行下去。

子　墨：怎么会在同一时间内突然找不到案卷呢？

刘晓原：据《民主与法制日报》记者在采访中调查，法院当时这样说，他们后面建了新的办公大楼，可能在搬家的时候丢掉了。至于公安机关的卷宗为什么找不到，有知情人说，可能是有人故意隐藏起来了。

子　墨：如果故意隐藏，要承担什么法律后果？

刘晓原：故意隐藏而没有毁灭案卷的话，会有行政方面的处罚。如果故意

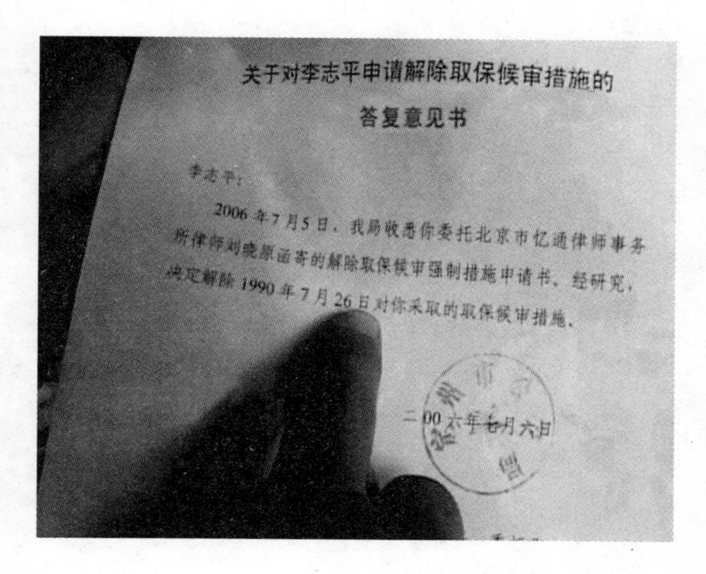

关于对李志平申请解除取保候审措施的

答复意见书

李志平：

2006年7月5日，我局收悉你委托北京市忆通律师事务所律师刘晓原函寄的解除取保候审强制措施申请书，经研究，决定解除1990年7月26日对你采取的取保候审措施。

二00六年七月六日

李志平的取保候审通知

毁灭案卷或者过失造成案卷丢失，再也找不到了的话，他们肯定已经构成了渎职罪。

没了卷宗，要撤销案件根本就无从下手，有知情人说，这种状况下案子再拖20年都有可能。刘晓原开始把李志平的案情向有关部门反映。作为第一步，他先代李志平向河北省高院反映，没有任何结果。后来在刘律师持续不断的努力下，此案终于引起了媒体的关注。2006年6月24日，《民主与法制日报》率先披露此事。随后，中央电视台《今日说法》、《燕赵晚报》、《法制周报》、福建人民广播电台、香港《文汇报》等媒体相继对此事作了报道。就在此时，在各方媒体的关注下，2006年7月，“李志平故意杀人案”的卷宗竟然又突然找到了。定州市公安局在24年后，终于取消了李志平的取保候审强制措施，恢复了他的行动自由。

子　墨：从1990年开始取保候审到2006年取消取保候审，16年的取保候审时间符合规定吗？

刘晓原：从法律上看，1996年之前一直对李志平取保候审的行为没有违法。1996年《刑事诉讼法》进行修改，严格规定取保候审的最长时间是1年。但问题在于，到1996年，李志平被取保候审已经6年了，6年时间都找不到证据，证明他可能是无辜的，公安机关可以考虑主动撤销对他的取保候审强制措施或是撤销这个案件，但是他们没有这么做。

子　墨：现在这个案子要想获得你们最终期盼的无罪结果，获得赔偿，最大的困难是在哪儿？

刘晓原：要想使李志平的案件彻底平反，证明李志平是无罪的，必须要公安机关做出撤销李志平故意杀人案的决定。现在的问题在于，之前有媒体采访过公安机关，他们认为这个冤案是历史造成的，当时经过公安侦察，检察院批捕、审查以后，向法院提起公诉，法院作出了死刑判决。公安机关认为这是三家共同造成的结果，现在让公安机关来承担责任，他们觉得有点不公平。

李月昌（定州市公安局刑警大队办公室主任）：我们已经请示了上级保定（公安局），保定正和省政法委沟通这事。按照《行政法》规定，这案子到了二审，不应该退回公安局办，现在公安局也没有撤案的权力。省政法委拿出意见后，需要我们办理，我们办理，需要法院或者检察院办理，我们会给一个明确答复。

子　墨：这个过程需要多长时间？

李月昌：不会太长，最多一两个月吧。

如果一切顺利，按照现行的国家赔偿的标准，在被宣判无罪之后，李志平至少可以获得20万元的国家赔偿。可是，对于李志平来说，在过去24年间，他为自己没有犯过的罪行所付出的代价，却永远也找不回来了。迟到的公正到底是不是公正，这是近几年法学界争论的一个热点话题。但是，在面对李志平的时候，我们发现，这样的争论并不是最紧迫的，因为对于他们来说，最需要的，是要把这些年来欠他们的还给他们。

子　墨：这件事情对你最大的影响是什么？

李志平：被公安局放出来，我在村里抬不起头，都以为我还是个杀人嫌疑犯。人人知道我是取保候审的，没有宣布我无罪。

子　墨：生活完全改变了吧？

李志平：我现在无儿无女，孤单一人。

子　墨：想起这件事情的时候，你会想到什么？

李志平：非常难过，我的一生确实被白白浪费了。

子墨点评：

2007年是中国《刑事诉讼法》修正后的第10个年头，在10年前对这部法律进行修改的时候，最重要的就是确定了“疑罪从无”的司法原则。简单来说，就是对于一个被怀疑犯有罪行的犯罪嫌疑人，如果没有足够的证据能够证明他犯罪，那么他就会被认定为无罪。有数据显示，根据这样的原则，10年间中国有4万余人被无罪释放。然而，河北定州农民李志平早在17年前就已经符合了这个“无罪”的条件，可以被无罪释放，却在今天，他仍然是一名犯罪嫌疑人。

湖北农民佘祥林，1998年被控“杀妻”。2005年失踪多年的妻子突然归来，佘祥林被关押了11年后终于无罪释放，获得国家赔偿46万元，现在已经在当地开起了饭馆。

河南农民胥敬祥，1997年以抢劫罪、盗窃罪判处有期徒刑16年。2005年当地检察院送达不起诉决定书，胥敬祥在被关押了13年后重获自由，出狱后申请了国家赔偿。

湖南农民藤兴善，1989年被认定是一起碎尸案的凶手，判处死刑，几年后“死者”复活回到老家，2005年，藤兴善的子女提出申请国家赔偿。

……

那么什么时间李志平也可以获得相应的物质和精神补偿？

社會能見度

半条命

同村少女遭奸杀，现场发现他的衣物，由此定案，三判死刑，他却始终喊冤。同为嫌疑犯，另一人戴铐脱逃，6年来无人追究，一朝被捕，立判死刑。8年悬案，到底谁是真凶？

1998年8月7日凌晨，安徽亳州华佗镇邢庄村，64岁的村民邢吕氏突然被屋外的一阵响声惊醒。她下了床，出门查看动静，顺道推开隔壁西屋的门，愕然发现自己17岁的孙女邢红艳已然两手冰凉，赤身死在床上……公安人员勘查后发现，邢红艳死前与人发生过性关系。警察在现场发现了几样可疑之物：死者床上东北角的一件蓝底带竖白条T恤衫，苇席上的一根阴毛和数根红色纤维，以及床东沿地面上一双白色的塑料拖鞋和桌子西端的两条毛巾。第二天一早，公安机关将邢庄所有的中青年人集中到村南小学一一排查。住在邢家隔壁两户的19岁青年赵新建发现，邢红艳床上的T恤衫、拖鞋和毛巾正是他前晚丢失的。

子　墨：1998年8月7号那天发生了什么，你还记得吗？

赵新建：那天晚上，我在家休息，大约凌晨两三点钟，我父亲听到村东头有人哭，他起来去看，回来之后把我叫醒说，你还在睡呢，东院二妹家出事了，你也不去看看。我醒了以后，就去穿衣服，但是T恤衫不见了，去穿鞋的时候，鞋也不见了。

赵建华（赵新建父亲）：当时东院吵闹把我吵醒了，醒之后我去看，一看人太多，挤不进院子，只有在院墙外面看看。看了大概半小时，回来以后，我说，新建，你睡多死，东院邢红艳被人杀了。我把他叫醒，醒了以后他去拿汗衫，发现汗衫不见了，又去穿鞋，拖鞋也不见了。孩子都不知道咋回事。

赵新建：第二天大概早上五六点钟吧，亳州（桥中）分局和华佗镇派出所让全村18岁以上50岁以下的男的到村小学去开会，我也去了。一去就认出那是我的拖鞋、我的T恤衫。

子　墨：警察有没有告诉你，是在哪儿发现了那些衣服和鞋的？

赵新建：是在现场发现的。

子　墨：你当时就承认东西是你的？

赵新建：我承认了。我说拖鞋是我的，T恤衫也是我的。

子　墨：你没想到这样认了以后可能会有什么样的后果吗？

赵新建：没想到。

赵新建随即被扣上镣铐，带回派出所。在派出所里，他遭到了五六名警察的殴打和逼供，审讯一直持续了三天两夜。这期间，他没有吃过饭、没有喝过水，也没有睡过觉。招架不住的赵新建最终承认自己“杀人奸尸”。

赵新建

子　墨：去派出所的路上，你会恐惧吗？

赵新建：没有，我认为我的鞋子丢了，T恤衫丢了，但是我并没有杀人，没有犯罪，我是配合他们（公安局）去调查。调查事情也是理所当然的，是我一个农民应该做的。

子　墨：到派出所之后发生了什么？

赵新建：派出所所长问我，赵新建这件T恤衫是你的？我说，是。拖鞋呢？我说，拖鞋也是我的。那你敢说你跟犯罪事实没有关系吗？我说，没有关系。难道我丢了双拖鞋，丢了件T恤衫，我就是罪犯吗？他说我狡辩，开始侮辱我的人格，五六个人动手打我，用烟头烫我的腿，拧着我的胳膊，用脚踩着我的脸，叫我趴在地上，用椅子砸我，用各种刑具来逼我。我的头被砸流血了，鼻子被打得没了嗅觉。现在这个鼻子都闻不到香臭。

子　墨：你所叙述的警察对你行凶逼供，完全是事实吗？

赵新建：完全是事实，没有夸张的成分。他们拿我当凶手看待，逼我，硬要我讲现场的事。我根本一无所知，让我从何招起？在那种情况下，他们就打我。打累了，换人，他去休息，再找其他人打我。那时候真是难熬，我被打得确实没有选择了，就在派出所立了一个口供，承认这个事情，但是我承认的东西跟他们想的不吻合。他们就提示我，问邢红艳睡在哪个方向？她家有几间房？然后给我讲她家有三间房，她睡在西间。睡在床上，也有个东西南北，我说东，他说不对，我就朝西说，反正总共四个方位，总有一个方向是对的。方向确定以后，又问我怎么杀的她，我说用刀杀的。他给我提示说，邢红艳身上没有血，没有伤口，我就不知道怎么讲了。没有血没有伤口能怎么杀的？犹豫了十来分钟，我就说是掐死的吧。

承认"罪行"之后，赵新建被送往看守所，在那儿被关押了87天。其间，警方对现场提取的物证做出了检验报告——被害人邢红艳为A型血，其阴道擦拭物上检出的精斑为A型物质，嫌疑人赵新建恰是A型血。但是，现场提取的阴毛却为O型，警方曾抓获的另一犯罪嫌疑人李伟峰血型即为O型。而李伟峰却带着镣铐从警方眼皮底下逃脱了，对此警方并未深究。1998年9月17日，亳州市公安局向检察院提请正式逮捕赵新建。10天之后，检察机关以事实不清、证据不足为由，不批准逮捕。1998年10月3日，赵新建被释放。在家闲了半年多以后，他去往天津打工，以为自己和这件事画上了句号。

赵新建被释放，极大地刺激了受害者的奶奶邢吕氏。在她眼中，赵新建"不是什么好人"。1994年，因偷盗本村人的银元，赵新建被劳教两年。在皖北这个观念朴素的村庄，这给他带来偷鸡摸狗的恶名。邢吕氏认为："衣服、拖鞋、毛巾都是赵新建的，公安局问口供他也承认是他杀害的，凶手不是他是谁？"邢吕氏开始四处上访：两次到北京、数次到合肥，省政府、公安厅、法院、检

赵新建的律师黄迎春

察院，她一一去告；每每有政府领导的信访接待日，老人也必定前往喊冤。目标全部对准赵新建。两个多月后，在天津打工的赵新建被警方从千里之外抓回。2000 年 8 月 16 日，赵新建案在亳州市中级人民法院开庭，中院一审判处赵新建死刑。赵新建和他的律师所提出的有关案情中一些重大疑点的意见，法庭并没有被采纳。

子　墨：你认为这案子有不合乎常理的地方吗？

黄迎春（赵新建律师）：有。第一个不合常理的地方是赵新建作案当天是怎么进入被害人邢红艳家的。对这个过程，他的供诉不合常理。赵家和邢家之前还隔了一户人家，按照赵新建供诉的路线，他是没办法进入被害人家里的。第二个疑点是，赵新建说他进入邢家以后，和被害人还进行了长达几分钟的对话：

我拍拍她（邢红艳）的胳膊，她醒了，坐起来，问谁，我说我，她问我你来弄啥，我说来找你的。这时候她就伸手拉电灯，我看她拉灯，我也去拉。两个人拉，电灯绳子就被拉掉了。这时她就说你可走？我说我不走。她又说你不走我喊俺妈。她张开嘴就要喊，还没等她喊出声来，我就用右手捂住她的嘴巴……

——节选自赵新建口供

如果这个对话确实存在的话，案件就不可能发生，因为睡在临屋的就是被害人的奶奶。第三个疑点是赵新建对作案现场的描述，他说当时被害人的上衣没有脱下来，强奸过后又将她的三角裤给她穿上，但实际上被害人是裸体的，身上没有一寸衣物。另外，赵新建的血型为A型，而现场发现的阴毛却是O型，对这一重大疑点，法庭没有给予重视。

子　墨：你在法庭上有没有提出血型问题，你自己是A型血，邢红艳也是A型血，现场却发现了O型血的物证？

赵新建：提了，我的律师给我辩护了，他们不采纳。公诉人一直就觉得非得将赵新建枪毙掉。

一审过后，赵新建提起上诉，安徽省高院以事实不清、证据不足为由撤销原判，发回重审。结果，2002年6月12日，亳州中院第二次判决赵新建死刑。赵再次上诉，安徽省高院再次撤销原判，发回重审。

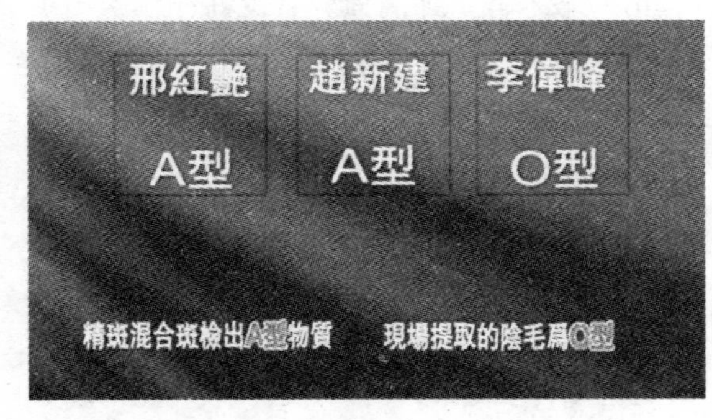

现场发现的物证为O型血，赵新建的血型为A型，这一明显的疑点竟被忽视了

赵新建：二审依然是死刑，我们家经济不大好，又抓不到凶手，我永远是个替罪羊。我从那时候开始绝食，绝食到第五天，大家劝导我，说你死了不算什么，可是你给家里人带来经济负担不说，名誉上是受不了的，你对不

调查这起案件的安徽省亳州市公安局谯城分局

起你家里人。我自己想，也是，既然没有杀人，为啥判死刑？为啥不吃饭？我决定上诉。就是没希望，我也要上诉。我父母为这事给我上访，上北京、上合肥、上亳州，东跑西跑，他们上访，我也得上诉。

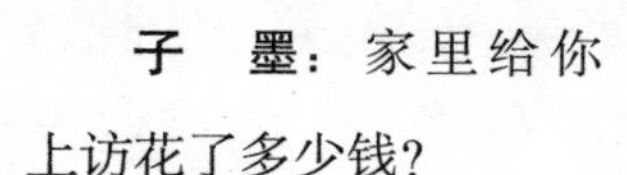
子　墨：家里给你上访花了多少钱？

赵新建：花了几万块吧，家里经济困难。

子　墨：这几万块钱从哪儿来的？

赵新建：贷款，高利贷。

子　墨：您相信赵新建的话吗？他说他没有杀人。

赵建华：相信，他平常就不是一个浪浪荡荡的孩子。自己的小孩，从小在身边长大，能不知道吗？

子　墨：赵新建在里面这 8 年，对家里影响有多大？

赵建华：损失太大了。赵新建在里面蹲了 8 年，我跑了 8 年。起先在亳州跑了两年，他们是一直推，刑警队推到公安局，公安局推到法院，法院推到检察院，互相来回地推。最后我跑到北京，找最高人民法院，找信访的地方，那里人山人海，我一问，有在那儿呆了半年的，也有呆了几个月的，像我一个老农民，看样子没门，我心说就是死在这个地方，这事也办不成。

赵新建：我伤心难过，对不起家里人。我说不出来是一种啥感受。在看守所流泪太多了，现在眼泪流不下来了，没有泪了。家里人只能劝我，叫我在里面好好的。他们为了我，一年一年东跑西跑上访，我不能不吃饭，不能绝食，

被害人邢红艳的奶奶邢吕氏整理上访资料　　邢吕氏指认当年发案现场，这间房子已经拆除

不能叫家里人放弃希望。

赵新建说因为在监狱里和看守所里哭得太多，现在他的眼睛已经不好用了。他害怕见到阳光，也害怕强烈的灯光。接受采访时，他一直说，摄影灯晃得他睁不开眼睛。几天前，他竟因为看不清楚，一头撞到了玻璃墙上。

2004年4月12日，亳州中院第三次判决赵新建死刑，缓期两年执行。这一次，赵新建没有上诉，他被送往安徽省宿州监狱服刑。

赵新建：最后判我死缓，问我上不上诉？我说，上诉。但是我们家经济条件困难，上诉的期限是10天，家里没有凑到钱请律师。

子　墨：上诉请律师需要多少钱？

赵新建：需要两千块钱。凑到钱的时候，期限已经过了。

赵新建没有被判死刑，这使得被害少女邢红艳的奶奶邢吕氏感到不满。她继续四处上访。2004年8月，在她不断上告的压力下，警方将此案中的另一名犯罪嫌疑人李伟峰抓捕归案。1998年8月7日凶案发生不久，警方曾将与邢庄比邻的周庄村民李伟峰带至刑警队询问，并提取了李的毛发。后经化验，李的毛发与在案发现场提取的阴毛同为O型。然而李伟峰却戴着镣铐从警方眼皮底下脱逃，而在此后的侦破过程中警方似乎也忘记了这名重大嫌疑人。李伟峰后来潜逃到山东，娶妻生子。

子　墨：邻村的李伟峰也是怀疑对象，但是为什么最后矛头完全指向了赵新建，李伟峰却在这么长的时间里被忽略了？

黄迎春：好像赵新建和李伟峰是同时被抓，李伟峰在拘留期间脱逃，脱逃以后公安机关没有深究。案件现场发现了赵新建的衣物和鞋子，公安机关就认为案件出现了直接证据，能够证明赵新建犯罪，所以放弃了对李伟峰的抓捕。

子　墨：李伟峰后来又是怎么被抓到的？

黄律师：有两个原因，一是赵新建被判死缓以后，被害人家里不满意，多次上访，要求对赵新建判处死刑立即执行；二是赵新建家里也一直上访申诉。在这种情况下，公安机关认为案件可能存在问题，在复查过程中，发现案件是用间接证据来定案的，理由不充分，所以组成专案组进行调查，重新抓捕了李伟峰。

子　墨：刑警队怀疑他（李伟峰）的理由是什么？

赵新建：他从戴着铐子脱逃掉那一天起，至今没有回家，没有回到他爸爸妈妈身边。而且1998年10月16日那天，他本来要成家，要结婚的，他也没有回来。你没犯法为啥脱逃？没做亏心事，为啥不回家呢？连定亲之日，你都不回来。这一点叫人更怀疑。

子　墨：假设李伟峰是凶手的话，那么为什么你的T恤衫和拖鞋会出现在案发现场呢？

赵新建：我给刑警队讲了，我的东西丢了。难道就没有人栽赃陷害我吗？

本案事实不清，无法确认被告人杀人奸尸事实存在的意见，亦
予采纳。由于被告人的犯罪行为而使被害人遭受的经济损失依
应予赔偿。附带民事诉讼原告人提出要求赔偿经济损失的意见
合理部分，予以支持。据此，依照《中华人民共和国刑法》第
百三十二条、第四十八条第一款、第五十七条第一款、第三十
条、《中华人民共和国民法通则》第一百一十九条之规定，判
如下：
一、被告人赵新建犯故意杀人罪，判处死刑，缓期二年执
剥夺政治权利终身；
二、被告人赵新建赔偿附带民事诉讼原告人邢昌氏经济损失
民币二万元整，于判决生效后立即支付。
如不服本判决，可在接到判决书的第二日起十日内，通过本
直接向安徽省高级人民法院提出上诉。书面上诉的，应提交
诉状正本一份，副本二份。

审 判 长 孙 健

赵新建的死刑判决书

亳州市公安局谯城分局
释放通知书
谯公刑释字（2006）
亳州市看守所、亳州市人民检察院
赵新建 性别 男 年龄 30 住址
没有犯罪事实
日被执行逮捕/拘留，现因
《中华人民共和国刑事诉讼法》第 条之
予释放。

赵新建的释放通知书

据《南方人物周刊》报道，李伟峰被捕后不久交代了作案过程：1998年8月6日晚10时许，他睡不着觉，就从周庄窜至邢庄，潜入邢家后，来至邢红艳床旁欲行不轨，邢伸手去拉灯绳，结果被李扯掉，李恐邢叫喊就用手掐住其脖子直至其不动为止，后又对邢进行了奸淫。因为怕事情败露，李遂产生嫁祸之念，因考虑到隔壁的赵新建因偷盗银元刚劳教出来不久，遂从赵新建家西墙翻入，偷走一件T恤衫和一双塑料拖鞋，原路返回邢红艳家中，将T恤放在床上，拖鞋放在床下。2006年1月6日，安徽省高院撤销对赵新建案的裁定，发回亳州中院重审。6月23日，亳州市谯城区公安分局以“没有犯罪事实”为由将赵新建释放。刚刚被释放的时候，27岁身高1.76米的赵新建体重只剩下76斤。8年牢狱，他的身体已经完全被整垮了。

子　墨：走出看守所的那一刻，你想到什么？

赵新建：我想家人会不会来接我。结果家里去接我了。

子　墨：爸爸妈妈都去接你了吗？

白白坐了 8 年牢的赵新建

赵新建：妈妈没去，妈妈脑子已经不正常了。

子　墨：出来以后日子怎么过，现在每天的生活是什么样的？

赵新建：回家以后，发现房子叫邢红艳家里人给拆掉了。我父母这些年一直没在家住，住在亲属家。我回家以后，买了瓦，重新修房子，下雨的时候不漏了。爹娘见到我，非常伤心。我身体根本站不起来了，也不能见阳光，不能吃饭，胃也有问题，头晕，不想吃饭，吃了饭，不一会就会吐出来。

子　墨：现在一顿饭吃多少东西？

赵新建：早上喝点稀饭，中午有时泡一袋方便面，饭量上不去。我出来以后，家里亲属开始给我掉水（打吊针），一天有掉三瓶的，也有掉两瓶的，掉了好久才开始不掉了。

子　墨：能够干农活或者做其他工作吗？

赵新建：不能干农活。

子　墨：生活靠谁来养你？

赵新建：俺父亲俺母亲，俺母亲也不能养我，只有靠俺父亲。

子　墨：以后的生活怎么过呢？

赵新建：怎么过？只有在家，能不能干活不知道，目前只有我父亲在干农活。

子　墨：你之前想到过自己会被释放吗？

赵新建：在看守所，他们叫我，要放我出去。我问，为啥放我出来？他说，因为没有犯罪事实。我说，关了我 8 年，就凭一个没有犯罪事实，就将我放出来了？我还不愿意出来了呢。在我们农村，没有犯罪事实跟无罪释放究竟有啥区别，我还不大清楚。

子　墨：你要的是无罪释放，是吗？

赵新建：对，我要的是名誉。我19岁进派出所，27岁才出来，这个青春谁也还不来。一个无罪释放，能证明我是清白的，也算还我一个清白。

子　墨：你打算要赔偿吗？

赵新建：要赔偿，毕竟给我个人，给俺家人带来了损失，我的清白没有了。

子墨点评：

经过了8年的牢狱之灾，也耗费了8年的青春，如今赵新建依然在等待着“无罪释放”这4个字，来恢复他自己的名誉。此外他也在准备着申请国家赔偿，来偿还家里的债务。但愿赵新建不需要再等待一个漫长的8年来实现他自己的心愿。本案的另一嫌疑人李伟峰目前仍在狱中，已被三判死刑的他仍在上诉，据李伟峰在法庭翻供时所称，自己是和赵新建共同作案。安徽省高院目前也并未认定李伟峰就是奸杀邢红艳的唯一凶手。本案尚未结束……

社會能見度

童年·孤独症

他们不会说话，动作刻板，只生活在自己的世界里。求医、求学、培训、寄养，他们的父母四处碰壁。据统计，中国有80多万14岁以下的孤独症儿童，未被发现的有孤独症倾向的儿童人数可能更多。自闭的孩子，痛苦的家长，他们的出路在何方？

5岁的张思语和妈妈来自山西大同。2007年8月20日，她们来到位于北京东旭公寓内的星星雨教育培训中心上课。培训班主要针对的是40多个3到6岁的孩子以及他们的家长，目的是要在孩子的大脑发育完全定型之前，进行最大限度的干预矫正。这些孩子都患有孤独症。

儿童孤独症，又被称为儿童自闭症，属于普遍性发育障碍，主要症状表现为不与别人交往、无法建立正常社会关系、缺乏情感反应、语言发育障碍、刻板重复动作等。科学家虽然已从遗传因素、神经生物学因素、社会心理因素方面做了大量研究，但迄今为止仍然不能解释此类疾病的发病原因。

思语妈妈：每个家长都很痛苦的，可是没办法啊。我是做老师的，每天教育别人的孩子，有时候我就挺奇怪，难道自己的孩子就不是祖国的花朵了吗？就没人管了吗？

见到张思语那天，她穿着红色的小上衣，粉色的灯笼裤，在一个大场子里

北京星星雨教育培训中心

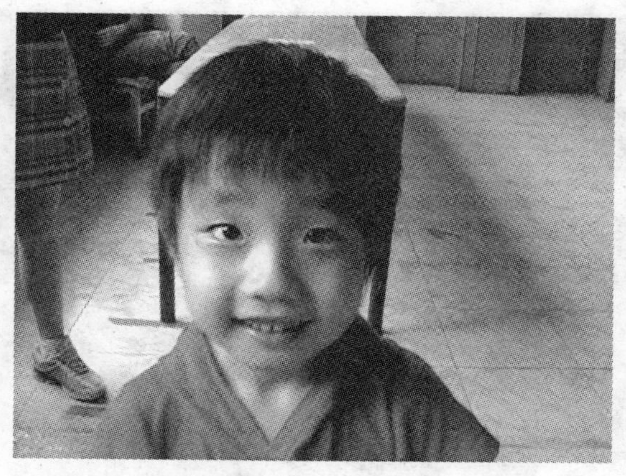
5岁的孤独症儿童张思语

到处乱窜，似乎对场子里每个人都感兴趣，又仿佛对所有人都漠不关心。乍看上去，她和别的小朋友没有任何差别，只是她的手会不停地乱动。思语夏天每天要吃两根冰棍，这天跟着妈妈路过超市时，她又不走了，用手指着超市的方向——她要冰棍。妈妈拒绝给她买，思雨开始哭，乱跑，大声尖叫。她不会用语言表达。

思语妈妈：她叫“爸爸”“妈妈”叫得很早，8个月就会叫了，挺正常的，叫得也清晰。但好像只会“爸爸”“妈妈”这两个发音，以后再没说出过其他的音。1岁多以后，就没有发音了，“爸爸”“妈妈”也没有了。她没有语言。

语言障碍是50%孤独症孩子的典型症状。他们的声带结构一切正常，也明白自己想要表达的意思，但就是没有语言。张思语对音乐非常敏感，经常听到某些歌曲，就开始莫名其妙地号啕大哭。这也是她孤独症症状的表现之一。

记　者：哪些音乐她听见了要哭？

思语妈妈：一般是节奏比较慢的歌曲，像《小城故事》之类的，她一听见这首歌就哭，好像心里很难受一样。回想起来，她好像四五个月的时候，就和其他孩子不一样。当时她就很乖，每天也不咋闹。那时我妈就说，这个孩子不对劲，但是也说不出具体不对劲在哪儿，因为从面目和肢体上说，她并没有那种痴呆的感觉。我们当时就想着可能女孩子比较乖吧，现在想起来她那会儿已经不对劲了。

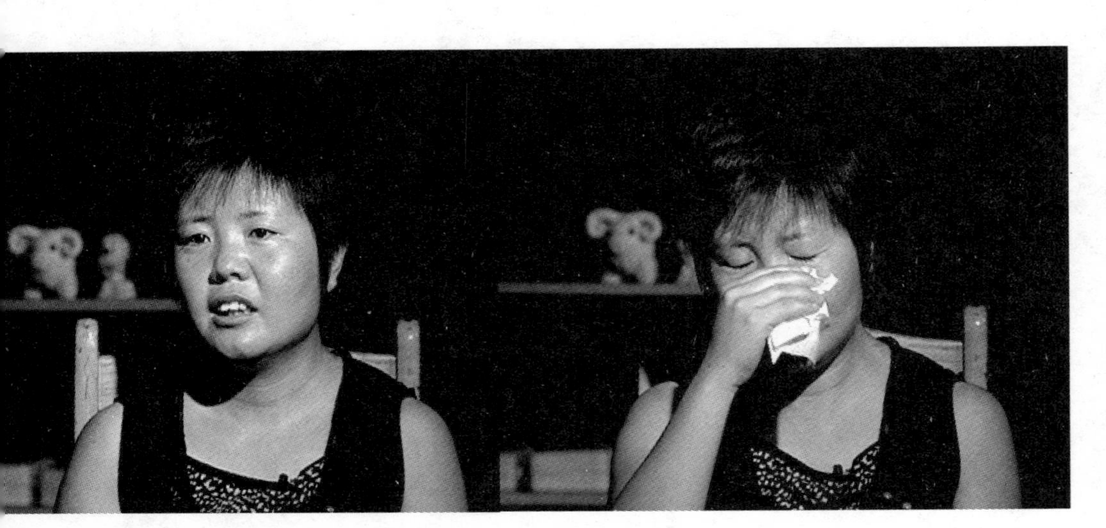
张思语的妈妈，说到伤心处，禁不住流泪

这是思语妈妈所能回忆的女儿孤独症症状的最早表现，之后她陆续发现其他问题，比如女儿到两岁才学会走路，语言功能退化，遇到不顺心的事只会大哭大叫，对周围世界漠不关心。

思语妈妈：两岁以后，她的刻板动作比较多了，喜欢找软的东西比如布条子、绳子或者塑料袋，拿到手里，就开始绕着玩。后来慢慢就固定了，喜欢玩绳子，玩的时候还有手势，嘴里有时候还哼哼，明显和一般孩子不一样。

刻板动作是孤独症的又一个典型症状。每个孤独症孩子的刻板动作都不相同，有的喜欢不停地转圈，有的喜欢一个劲地翻书，有的喜欢把东西归类。刻板动作是孤独症孩子主要的生活内容，如果不干涉，他们可以玩上一整天。

记　者：她会和其他小朋友玩吗？

思语妈妈：各玩各的，乱跑。她有一种社会交往障碍，不会与人沟通，不会和小朋友玩。她的世界里只有她自己，其他人她根本不关心。比如一般小孩，当她很亲近的人离开的时候，她会哭闹，要跟着去。但是张思语不会，从来她就不会哭着闹着要跟谁去。当时我们不了解这种病，还说张思语不关心这个世界，好像是管你谁来谁走，都跟我没关系。其实这些都是不正常的。

记　者：家里人理解吗？

思语妈妈：家里人一般觉得孩子越有问题，心里就越觉得过意不去，就越要对她好，越喜欢她，家里边没问题。做父母的压力大是肯定的，主要是她的上学问题。这种孩子越在家里待着，情况会越严重。

没有语言之后，张思语经常大哭大叫。和普通小朋友相比，这种哭叫更加歇斯底里。张思语曾经上过幼儿园，开学两个月之后，就被老师劝退了。不能求医，不能求学，不能离开父母独立生活，妈妈只得让她天天待在家里，以最大的耐心守着她。

思语妈妈：她乱跑。别人在那儿上课，静悄悄地坐着，她要拍桌子，要大叫，要乱跑。哪个学校会要她呀，没人要。

记　者：为什么不再试试呢？可能这个幼儿园不行，另一个幼儿园就可以。

思语妈妈：应该都不行吧。谁愿意要一个有问题的孩子呀。她还打别的小朋友，会打人。她们这种孩子越来越……咋说呢，也许随着时间的推移和社会的发展，终究会有人管他们吧。总的来说，我总觉得他们是被遗弃的一群，属于被社会遗弃的那部分。

记　者：她天天待在家里做什么呢？

思语妈妈：自己玩呗。别人还得上班。这种孩子其实挺可怜的，别人不理解她，因为她表面上看起来很正常，要是那种痴呆状的，人们会觉得这孩子挺可怜。她这种孩子没人可怜。现在最担心的是以后她该怎么办。现在我们年富力强的，不会有多大问题，可以一直带着她，但是我们肯定也要生老病死，你能保证自己一直健康？一直没有意外？她慢慢地长大了，她自理能力也不好，万一我们有了意外，她怎么办？这是最担心的问题。

儿童终究是要长大的，这对很多父母来说是宽慰的事情，但是在孤独症儿童的父母看来，却是灾难的开始。黄真就是一个长大了的孤独症儿童。他今年14岁，与其他孤独症孩子一样，黄真语言异常，沟通障碍，行为刻板，但他同时又有着大多数孤独症孩子所没有的狂躁和暴力，不断地伤害自己，伤害他人，暴力充斥着他的生活。2007年8月，黄真被父亲带到北京接受手术治疗。

田宏（清华大学第二附属医院医生）：手术的目的是解除他的攻击行为，自残行为，让他在别人的帮助下料理自己的生活，后期给一些训练啊、教育啊。

黄真父亲：这个手术的风险第一是可能意外离开人世，第二可能成为植物人。就是这样的结果，我也愿意接受，因为我没办法，我给他作了最好的选择。

黄真从12岁开始出现明显的暴力倾向。黄真父亲提供的影像资料里记载了儿子2005年、2006年、2007年的症状变化：2005年，黄真12岁。在状态好的时候，他可以在父亲的陪同下到外面走动，到小卖部买自己喜欢的零食。闹起来时，父亲用布条拴住他的双手，但总还可以单独照看。2006年，黄真明显长高，自残行为更加严重，他的双臂布满自己咬的伤疤。有时，他会突然之间猛烈地用手扇自己耳光。父亲抓住他的双手，他又用头使劲顶撞父亲。父亲一个人已经很难控制他的自残行为，姑父过来帮忙。不得已时，黄真的双腿也被绑在床沿上。从2006年开始，为了防止黄真不断自残和攻击别人的行为，父亲在无人照看孩子时，就用铁链将他锁在笼子里。这样的情况一直持续到2007年。

黄真父亲：从3岁到14岁，他读了3个县市的17所学校，幼儿园就读

孤独症儿童黄真和他的父亲

了5个。我记得他上学第一年，我给人家道歉就道了30多次。他的手上有80多个伤疤，都是用嘴咬的。脊背也有伤，头上也有伤，手脚都有伤。我看着他痛苦，每天自己打自己，自己咬自己，自己撞自己。我不奢望自己孩子能跟别的小孩一样，只要他能快乐地生活，高高兴兴地上学，跟小朋友一起玩，每天不要生活在痛苦之中，不要自己打自己，咬自己，我就觉得自己做父母已经尽力了。到处求学、求医，找法子，但是没有效果。孩子一天、两天，天天如此，一个小时，两个小时，依然是这样。我没办法，怕他控制不住，这么一拴就控制住了，只能天天锁着他，起码在他一米范围之内没人的时候或者我很疲劳的时候，要锁着他。

黄真病情的发展是很多进入青春期、成年期孤独症孩子面临的共同问题。他们有了更多的心理、生理需求，但这些需求或者根本不能表达，或者不能实现，自残和伤人成为他们发泄感情的一种方式，家长必须24小时看管。黄真的父亲在走过30多个省市，试过他听来的任何治疗的偏方、正方以后，决定对儿子实施手术。

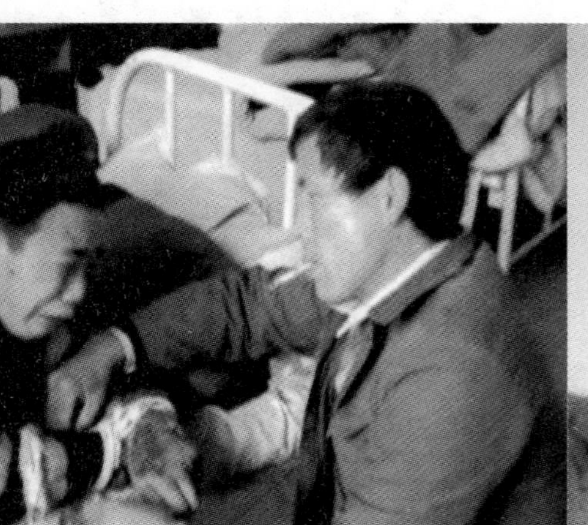

为了减少儿子的自虐行为，父亲被迫用布带把儿子的手捆绑住

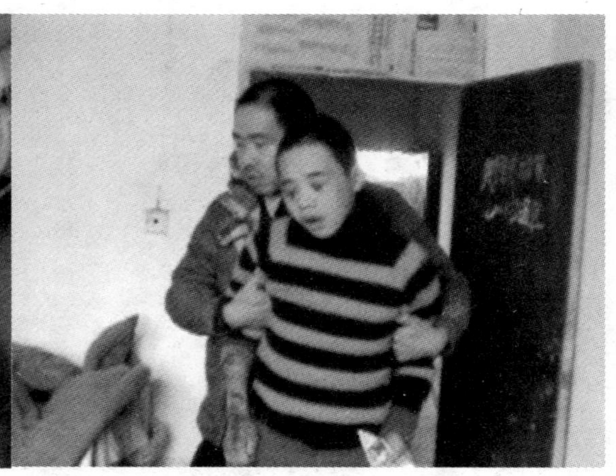

父亲在无人照看孩子时，要把孩子单独关起来，防止他攻击别人

黄真父亲：我作为父亲给他作这个（手术）抉择，我相信无论他知不知道，他应该都不会恨我。第一，我是要给他减少痛苦，给社会减少危害。第二，很多孤独症孩子都伴有狂躁症状，药物控制不了的时候，手术可以给他们提供一个参考。我知道很多孤独症孩子的家长跟我是一样的心情，不过程度不同。我这么多年，为了孩子想尽了千方百计，走过了千山万水，历经了千辛万苦，经历了千千万万的磨难，挨了千次打，受过万人骂，也请教过千千万万的人（最后作这个选择），我希望结果会是好的。（哭）但是不管结果怎样，我想我都不后悔。

我叫黄真　我想看病

我想读书

想和小朋友一起玩

……

这是黄真不发病时写下的文字。但是他的“小朋友”只能是病床里侧摆着的33个小闹钟，因为闹钟是既有声音又有头像的。除此之外，父亲的期盼、担心、

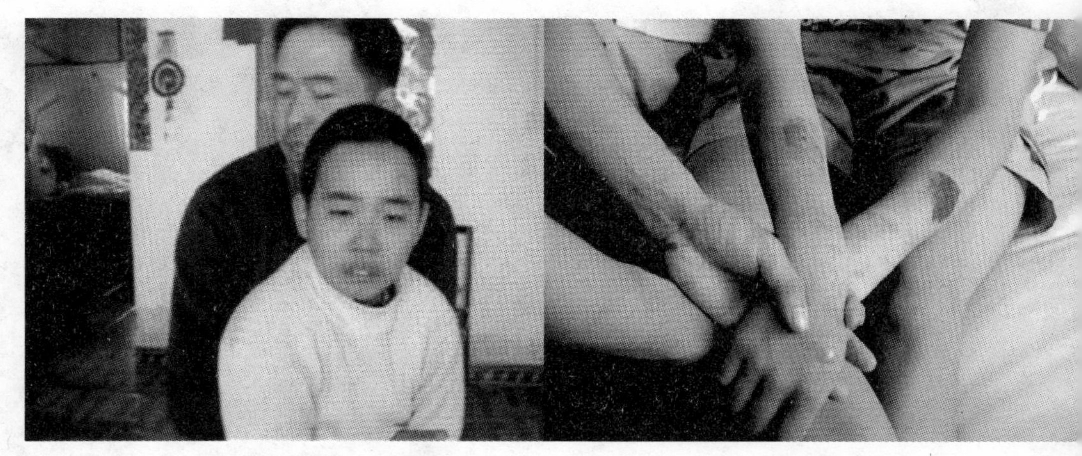

孩子痛苦，父母无奈，这是孤独症儿童的家庭写照

黄真不会用语言表达自己的感受，自虐给身上留下累累伤痕

害怕、忐忑他一概不知。2007年8月22日9点，黄真被推进手术室。他的父亲头天一夜没睡。下午4点，黄真被推出手术室。谁也不知道醒来后的他是否会好起来。

黄真父亲：我不知道怎么说，我无法用语言表达。我有时候没办法，把我的孩子用抹布裹住，怕把他打伤了。有时孩子发脾气，我自己也发脾气。有时候，我望着天说，老天你对我太不公平了。但是为了孩子，我还得坚持下去，我还是相信老天对我是公平的，我的孩子有一天会好起来……

在孤独症患者家里，孩子的痛苦与父母的痛苦互相交织。他们在经历求医、求学的艰难之后转向了漫长的求助历程，他们希望的是社会多给他们一个生存的空间。专门面对孤独症儿童和家长的星星雨教育培训中心给了他们这样一个机会，也给了社会一个学着正确面对孤独症的勇敢尝试。

田慧萍（星星雨创办人）：我们"星星雨"主要做家长培训，孩子只是道具。

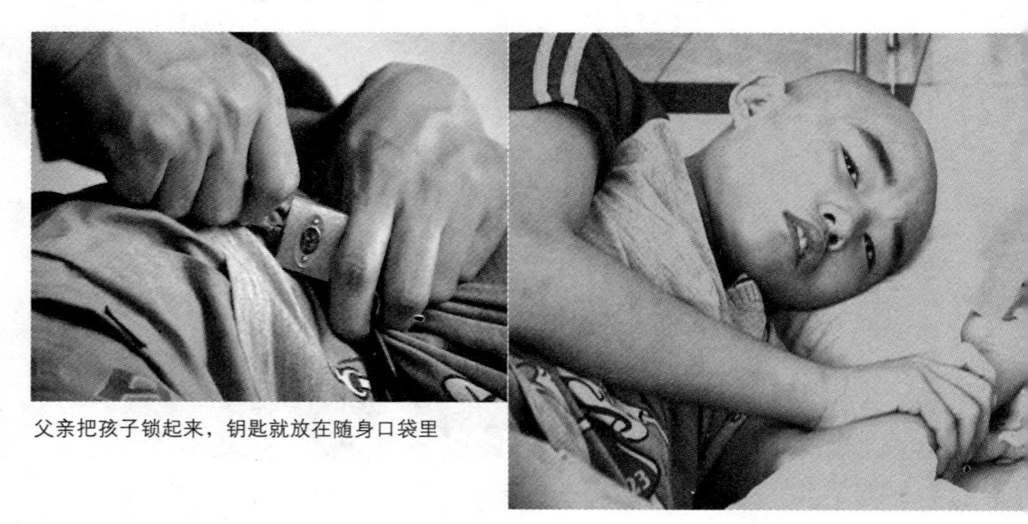

父亲把孩子锁起来，钥匙就放在随身口袋里

躺在病床上的黄真等待手术

记　者：为什么会这样定位？

田慧萍：因为在中国，一个家庭如果有一个残疾孩子，谁是他们的终身照料者？就是家长。所以要想帮助一个孩子，只能帮助他的家长。我们倒希望不做家长培训，我们倒希望家长有个地方把孩子送出去，家长自己能过上正常的生活。因为没有一个家长应该被剥夺正常生活的权利，但实际上他们没法过正常的生活，他们必须时刻想着怎么照顾孩子，而且是终身照顾。

思语妈妈：我觉得那次（在“星星雨”）家长会之后，认识方面比以前提高了。最明显的感觉是起码我心里想着以后应该怎样去接受这个孤独症孩子，怎么去帮助她，这是一个漫长的过程。自己再痛苦，再胡思乱想，也没啥意义。不管命运对你公不公平，你已经摊上了，没办法，只能正确面对。我觉得精神状态很重要，你好一些，也许就能对她多照顾一点，如果你崩溃了，她就更不行了。

在对家长进行培训的同时，“星星雨”也为孤独症儿童提供个别化教育方案和学前训练指导。在一堂运动课上，老师要求孩子抬手抬脚，做一些简单动作。但是，张思语和其他孩子一样，不是不会做，而是不能根据老师的指令来

父亲认为手术是儿子最好的选择，哪怕最后的结果是植物人，他也不后悔

黄真的父亲欲哭无泪

做。他们无法自控，也无法他控。

田慧萍：他自己随便到哪坐下，和他听到别人让他坐下之后坐下，两者是不同的。后者是社会交往，前者是生理动作。我们训练的是后者，是让他听到坐下的指令后，能够坐下。一旦他坐下来了，我们就会给他以奖励，告诉他这样做对了。如果他做得不对，我们会帮助他坐下来，告诉他这是他要做的动作。

思语妈妈：她就是一张白纸。有时候觉得到她这个年龄段应该咋样咋样，按照这个年龄段孩子的表现去要求她，其实这是错误的。这里的老师特别耐心地教她，从一些简单动作做起，比如拍拍手，拍拍腿，拍拍肚子啦。我们在家里往往忽略这些，觉得这些她应该早就会了。其实她也许会了，但是不会很好地和你配合，不是让她坐她就坐，而是她想坐她才坐。在这一点上，我的认识也提高了不少吧。

"星星雨"对3岁到6岁的孩子运用的是一种名为ABA（行为训练法）的

“星星雨”的创办人田慧萍

培训理念。对于发育已经定型的12岁到16岁的孤独症孩子，“星星雨”实行寄养。目前“星星雨”的养护部寄养了6个孩子，通过摄像头，老师在办公室里看管着孩子在每一个房间活动的情况。养护部里除了文字以外，更多的是图片实物标志。6个孩子通过图片的提示，了解老师的意思。养护部还准备了一些自制的教具，老师们会对孩子进行颜色归类、简单组装、动手剪纸等简单工作的训练。

老　师：有时你跟他说话，他可能不太理解你的意思，我们就用图片提示。比如给他看工作间的图片，意思是让他到工作间去。他下楼到了工作间之后，会拿着自己的照片去找自己的位置。我们经常在工作间布置三到五个教具，根据他的能力，设置一些课题给他做，比如辨认颜色，手眼协调之类的。我们设想要对他们进行职前培训，希望他们在这里经过培训之后，出去自己能做一些工作。自闭症的孩子做的工作都比较刻板，可以做一些流水线类的工作。

田慧萍：养护部是TEACCH的训练方法。TEACCH跟ABA理念不一样，ABA要尽量提高孤独症儿童的适应力，让他去适应这个社会。TEACCH不同，比如他不会说话，不认识字，眼睛不看人，或者坐不住，那我不是要训练他去说话、认字、看人或者坐下来，而是看他能做什么，然后根据他能够做的事情给他创造一个环境，让他做。这就叫TEACCH，TEACCH的哲学是用环境适应人。

子墨点评：

人们曾经把最美丽的比喻给了孤独症儿童，说他们是悬挂在天空的星星，生活在自己的世界里，不知道那里是不只有快乐的吧。而人们也用最悲苦的词语描述着孤独症儿童父母的生活，他们生活在残酷的现实里，悲伤，绝望，无奈。无论从医学角度还是社会学角度，孤独症的发病都无从解释。对于孤独症，人们甚至无法给出科学的定义，只能够描述它的症状。孤独症的先天性和不能治愈性，痛苦地折磨着每个患病的儿童和他们的父母，同时也对生活在他们周边的人提出了严峻挑战。谁都不能否认，孤独症儿童和我们一样，也是社会中的一分子，需要正常人所能享受到的尊重和平等。请给那些生活在我们身边的孤独症儿童，多一份平等，多一份尊重。

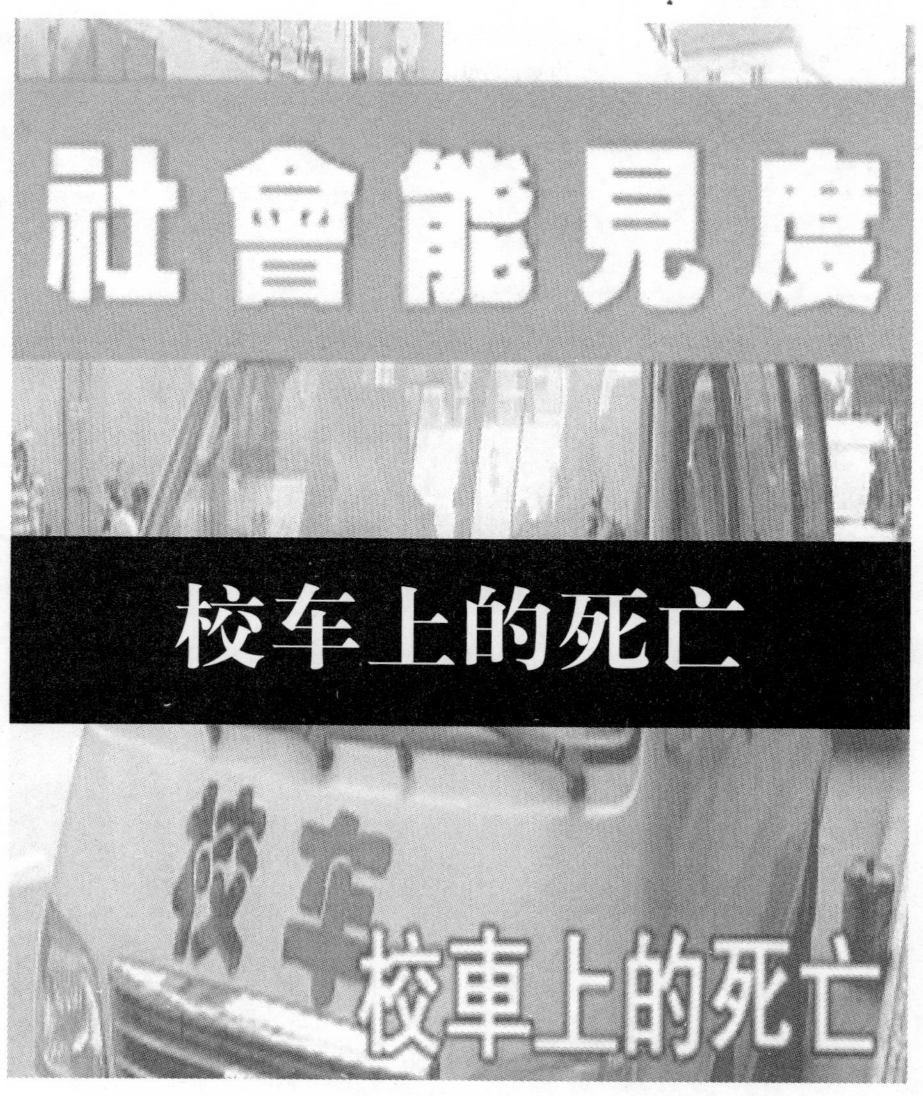

校车上的死亡

溽热的夏天，济南和佛山，两名年龄分别为5岁和2岁的幼童，竟被关在校车内窒息而亡。是老师一时疏忽大意，还是幼儿园管理出现漏洞？谁该为这两起惨案负责？家长的悲痛，让人不忍卒读。

吴梓钰，5岁，就读于山东济南银座双语幼儿园。2007年8月8日清晨，他像平时一样，在姥姥和阿姨的护送下，从小区门口登上开往幼儿园的校车。当天下午，梓钰的母亲曹倩开车到幼儿园，准备接儿子去练钢琴，却被老师告知，吴梓钰今天根本没来。

子　墨：孩子的姥姥和阿姨是怎么回忆那天情形的？

曹　倩：他那天没什么异常表现。他记性很好，如果我答应他第二天不用上幼儿园，他早上起来会提醒我，或者说，妈妈，我没睡够，你让我再睡几分钟吧。我就会让他接着睡，不用赶班车，早上8点，我起床以后，会开车送他到幼儿园。但是那天，这些表现都没有，他乖乖地跟着阿姨走了。

子　墨：你怎么得知出事了？

曹　倩：5点20分，我去接孩子，幼儿园的大门还没开。我给班主任老师打电话，让梓钰自己出来。老师说，梓钰今天没来啊。我当时很惊讶，说不对呀，梓钰早晨就走了，肯定上幼儿园了。我还怕自己记忆失误，马上给家里阿姨打电话。阿姨说她早上送梓钰上的班车，上车的时候，老师和小朋友还跟

梓钰的妈妈曹倩　　吴梓钰生前照片

他打招呼。我马上意识到孩子出事了。

在曹倩的一再追问下，幼儿园才告诉她，孩子缺氧在医院抢救。曹倩一家随即赶到医院，在那里却看到了孩子的尸体。

曹　倩：我到医院的时候，看到吸氧机放在他的嘴上。孩子双手举着，耳朵乌紫，身上很脏，指甲是黑紫的，嘴唇是黑紫的，眼睛半睁着，胳膊和手指头是卷曲着的，但是他的身上还有温度。一个护士一直跟我摇头，说孩子身上的温度是外面太阳烤的，不是他自己体内发出的热度。半个小时以后，温度慢慢退下去了，身体慢慢地凉了、硬了。我知道抢救不过来了……后来医生跟我说，实际上孩子送来的时候，已经死亡三个多小时了。

子　墨：他有没有解释是什么原因导致孩子死亡？

曹　倩：过了半个月，尸检报告得出结论：中暑死亡。原来我对中暑死亡没有概念，也想象不到孩子是怎么死的，想象不出他走之前遭了什么罪。那天去看尸检报告，我明白了，明白孩子的嘴唇为什么是紫的、硬的……孩子身体里的水全部脱干了。

就在5岁的吴梓钰遭遇不幸后的第12天，8月20日早晨，广东佛山三水区白坭镇，1岁8个月的幼童唐崇书在被父母送上校车后，也没能再回来。

唐正科（唐崇书父亲）：校车7点钟来接，接下来发生什么事我不知道。下午2点40分，张园长打电话让我赶快过去，说孩子出事了在抢救。我心里慌了，假都没请，骑着车回家告诉我老婆。我们3点钟赶到医院，那儿已经围了很多老师。我们问园长，孩子怎么回事。他说，对不起，对不起，抢救无效。当时我们两个就全身没力气了。我不能理解，为什么孩子说没就没了。

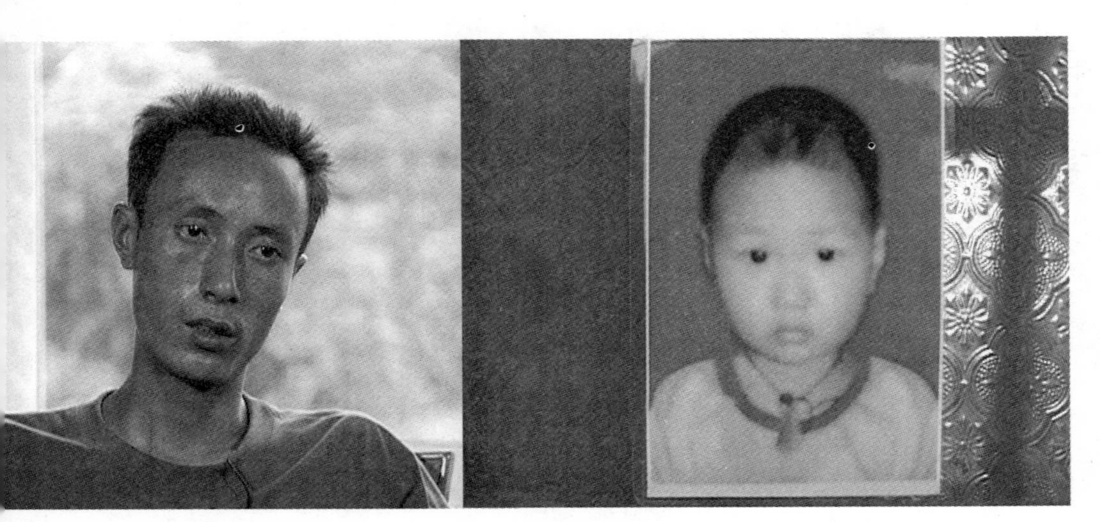

小崇书的父亲唐正科　　未满 2 岁的唐崇书

在医院里，唐正科夫妇连孩子的尸体都没有见到，就被带到派出所录口供。直到第三天，他们才在殡仪馆里看到了孩子。

唐正科：全身冰的、硬的。胸口有一个半圆形的黑印，是伤痕，医生说是抢救时造成的。孩子的手指甲全部没了，手指肉也没有了，不知道是爬窗户还是想逃命的时候挠的、抓的。幼儿园说中午 12 点发现孩子闷在车里面，送进医院，医生说孩子已经没气了。

34 岁的唐正科来自广西桂林，在白坭镇一家卫浴公司打工，妻子王田秀也是外来务工者，家中除了小崇书外还有一个女儿。王田秀说，儿子出生后她就没上班，一直在家里照顾孩子，直到孩子 1 岁多，她才重新找工作，并将孩子送到幼儿园。8 月 20 日清晨 6 点 20 分，唐正科叫醒了儿子，父子俩在门前的球场候车。7 时许，一名幼儿园园长和一名老师接走了孩子。唐正科回忆说，当时车上一共只有 4 个孩子，年龄都在 2 到 3 岁。而校车的车门台阶和座位太高，孩子无法自己上下车，必须让老师抱着才能上下。

唐正科：我送孩子上车的时候，一个两岁多的孩子在哭。老师抱着哭的孩子，把我孩子放在旁边一个座位上。我孩子上学从来不哭，她就把他放在座位上坐着。以前他坐的座位，脚可以踩到地，20 号那天坐的座位，脚落不了地。

汽车熄火锁门后，车厢就成了一个完全封闭的空间。据三水气象部门公布，当天的温度高达 36℃～37℃，车内温度则可达到 50℃～60℃。不到 2 岁的小崇书就在这个高温缺氧的环境中整整待了 5 个小时。这中间，幼儿园竟没有一个老师发现小崇书没来上课。直到当日中午 12 时左右，早上接送孩子的朱老师去校车上取遗落的被子时，发现小崇书躺在车上……

唐正科：老师和园长跟我们说，他们很喜欢我儿子。可是，很喜欢我的儿子，为什么不把他抱下来？ 7 点钟接走，9 点钟吃早餐的时候也应该发现了。9 点钟没发现，到了中午 12 点钟才发现……

相对于未满 2 岁的唐崇书，5 岁的吴梓钰已经具备了自己上下车的能力，然而他的死亡原因同样是在密闭的校车里中暑而死。

子　墨：梓钰怎么会中暑身亡呢？

曹　倩：8 月 10 号中午，侦察员来跟我们说孩子的事。他们说，从 3 个老师的叙述中，梓钰可能是在班车上睡着了，下车的时候老师没点人数，被留在车上了。

子　墨：可是一个活生生的孩子怎么会被留在车上而没有人看到呢？

曹　倩：这也是我想质问他们的。

根据曹倩对幼儿园管理流程的了解，从梓钰上车到抵达幼儿园，至少有 5 次机会能挽救孩子的生命：

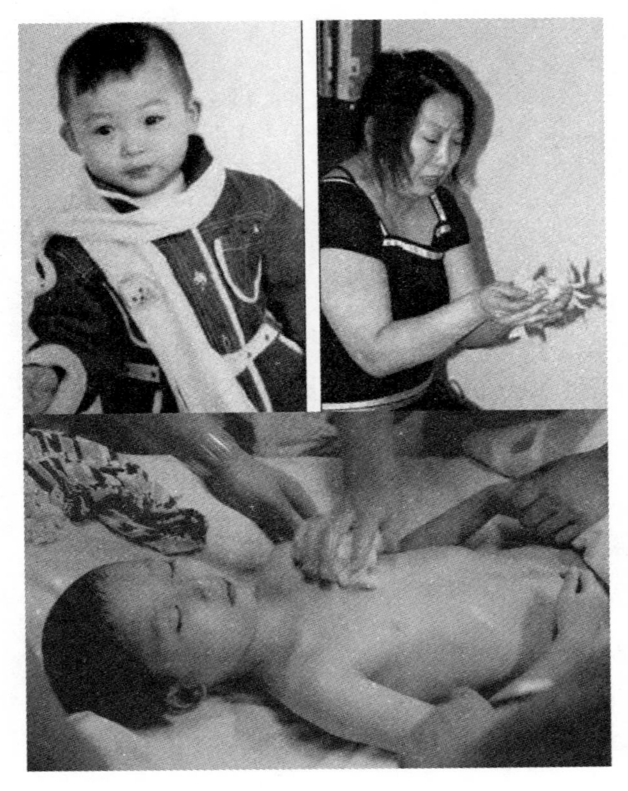

吴梓钰“走”后，母亲捧着儿子生前的玩具，悲痛欲绝

母亲在医院见到孩子时，他已经死亡好几个小时了

老师在班车上的位置应该是一前一后，好观察孩子们的行为；

下班车时老师应该清点人数；

孩子们下车后老师应该从车后开始检查是否有遗留在车上的物品；

园长应该在班车到站时接车；

到站后司机应该对车内卫生进行打扫、消毒。

既然有这么多规定，当时又有两名老师在场，梓钰怎么会因睡觉而被遗忘呢？曹倩通过对当天同车的其他小朋友的询问，发现这其中另有隐情。

曹　倩：我问的第一个小朋友正好是坐在梓钰边上的小女孩。这女孩的家到幼儿园只有5分钟路程，所以她最后一个上车。小女孩说，我刚好坐在梓钰旁边，梓钰没有睡觉，他还跟我打招呼呢，我下车的时候，不知道为什么他没下来。我又找了梓钰的另一个同班小朋友，孩子说，他们还在班车上打闹呢。老师训斥他们，“不允许你们下车”。

子　墨：假设是老师因为孩子打闹不让他们下车，打闹的并不止梓钰一个孩子，为什么其他孩子下车了？

曹　倩：其他两个小朋友说，他们是偷偷摸摸下车的。梓钰是比较调皮的孩子，就像捉贼先捉王一样，肯定他闹得比较欢，就冲他来了。

子　墨：为什么你更愿意相信小朋友的话，而不是老师的话呢？

曹　倩：孩子是最不会撒谎的。其中一个小朋友说，他曾经被李主任关到班车上过，由于他闹，给关到车上了，后来又把车门打开，让他下来。所以我更加断定了，为什么梓钰没睡觉而没有下车。

不管出于什么原因，梓钰最终被留在了封闭的校车里。一直到下午4点多钟被发现，时间长达9个多小时。在这期间，幼儿园的老师却没有对他的缺席做出任何反应。最后一次能挽救孩子生命的机会，也被幼儿园疏忽了。

子　墨：孩子被留在车上，从上午到中午到下午，就没有老师想起缺了个孩子吗？

曹　倩：没有。早晨几个孩子跟邱老师说了一句，不知道为什么邱老师没有做反应。邱老师是他们的生活老师，还有一个班主任唐老师。唐老师的解释是，因为梓钰头一天没去幼儿园，他们以为孩子第二天也没去。

子　墨：通常情况下，梓钰去不去幼儿园，家长会和老师沟通一下吗？

曹　倩：国家有明文的规定，幼儿园也有明文的规定，如果孩子不来，他们要跟家长打电话。但是他们从来没有这样做。

8月8日正值立秋，是济南最热的一天，气温高达38℃。接送孩子的这辆校车，除了全封闭以外，还贴了车膜。所以，如果不进到车厢里，没有人会发现里面还有一个孩子。

曹　倩：车是密闭的，窗户贴了膜，很难打开。当时我也怀疑，难道梓钰不会开窗户吗？梓钰不会摁喇叭吗？梓钰坐了这么多年车，这些动作，他都会做的。除非车钥匙拔了，喇叭按不响了。

子　墨：也就是说，车完全熄了火，钥匙被拿走了，门被锁上了，没有一个大人在车上？

曹　倩：没有人在。其实我也想，哪怕你留一点儿缝，哪怕喇叭能按响，梓钰绝对不会……梓钰为什么不做这些事情？后来我知道，那个车的车窗是打不开的，贴着膜，外面根本看不到里面，给孩子一丁点儿生的希望都没留。其实梓钰非常聪明，有一点生的希望，他都会去做……

由于当天和不足2岁的唐崇书一起坐车的孩子年龄太小，唐正科无法通过他们得知当天校车上发生了什么。但他认为，幼儿园在安全管理方面存在诸多问题。除了校车本身的安全性问题，幼儿园对突发事件的处理不当也是导致孩子死亡的原因。

唐正科：12点发现孩子需要抢救，就应该马上通知我。为什么到了2点40分才告诉我。

记　者：你认为这中间发生了什么？

唐正科：他们盲目抢救。12点钟发现，应该马上送到医院里抢救，孩子可能就不会死。

唐崇书所在的富景幼儿园是当地一所私人幼儿园，开办仅半年，总共接收了100多名孩子，年龄在2岁到6岁之间。两名园长之前都没有过办幼儿园的经验，当天跟车的教师是刚刚从师范学院毕业的。事发后，校车司机和一名教师被刑事拘留，幼儿园也被停业整顿。园长表示，对家属进行赔偿以后，他们已经没有能力再把幼儿园办下去了。

不同于富景幼儿园，济南的银座双语幼儿园则在当地名气很大。这座幼儿园共有11家分园，梓钰就读的阳光园是其中一所，一年的费用将近两万，是该地区收费最高的幼儿园之一，被人称做贵族幼儿园。然而，孩子出事后，曹倩的亲身调查却发现，这座贵族幼儿园存在很多问题，并不像他们宣传的那样。她的说法得到了部分家长和孩子的证实。

子　墨：它的声誉怎么样？

曹　倩：他们表面宣传得很好，很多孩子得了这个奖那个奖……出事以后，我们慢慢去调查，才发现这里有很多问题，并不像他们说的那样。我们看到很多家长写的信，很多小朋友的证言和证词，比如幼儿园老师打骂孩子，打孩子手，扇孩子嘴巴，拧孩子耳朵。小朋友上课讲话，老师会罚孩子自己扇自己嘴巴。小朋友要是睡觉不乖，会让他们到办公室罚站。

男家长：有一次因为什么事情我们（夫妻）俩闹腾。完了之后，孩子说是爸爸错了。我说，好，是爸爸错了。他说，错了，就自己打自己嘴巴。我当时就很奇怪，很吃惊，慢慢问他，为什么错了要自己打自己嘴巴。他说我们幼儿园都这样，孩子做错了，老师就让自己打自己嘴巴。我说那别的小朋友呢，他说别的小朋友就在旁边看呐。

小女孩：最厉害的就是Miss 滕，每次我们犯错误，Miss 滕就打我们嘴巴，或者让我们揪自己耳朵，自己打自己手，或者站到办公室，站到门外头，站到黑板旁边。

子　墨：幼儿园管理出现这些问题，家长之前几乎没有意识到，你不觉得其实家长也有一些责任吗？

小崇书的妈妈不能接受儿子已经离去的事实

曹 倩：我现在很自责，自责自己太相信他们表面宣传的东西了。为什么我今天坐到这里来？就是想让更多的家长知道，不要相信任何宣传，不要只看表面的东西。6岁之前的小朋友最容易受到伤害，并且受到伤害的时候，他没有办法自救，也没办法把事情说得清楚。6岁之前也是人格形成的关键期，包括老师教孩子进行的自残行为，会使他的人格严重扭曲。

针对这些情况，幼儿园的相关负责人没有给予证实。只有通过家长提供的一段家长会录像，能看到幼儿园方面的态度。

赵春梅（幼儿园总园长）：由于疏忽大意，使原本美满、幸福的家庭破碎；由于一时疏忽，使原本非常优秀的老师走进了看守所；又是因为一时环节的大意，使几百口子人6年来历经磨难建立的一个非常优秀的团队和品牌受到了极大的侮辱……

家长发言：园长，我有几个问题，你多次用了疏忽这个词，这绝对是错误的，是你们管理不善……

两条鲜活、幼小的生命就这么没了。惨剧给两个家庭造成了永远无法弥补的伤痛。唐正科一家自事发后一直笼罩在愁云惨雾之中。孩子的母亲王田秀精神已经崩溃，每天跑到幼儿园门口跪坐等待，期盼儿子唐崇书能从里面走出来。

曹倩将儿子的房间用做了专门储藏室，存放关于此事的报道。曹倩说，梓钰特别喜欢海洋生物，玩具中有各种各样的贝壳，还在家里养了一些蜗牛。每逢大人问起他的理想，他总是说长大后要做一名海洋生物学家。出事的前一天晚上，梓钰临睡前还把一些发光的玩具放到枕头底下，说这些光能够照亮海底世界，让他看得更清楚。孩子死后，曹倩和丈夫每天做的最多的事情就是反复整理孩子的玩具，拿着儿子的照片看了又看。

子　墨：孩子出事后这段时间，家里面过得特别艰难吧？

曹　倩：每天都度日如年。只有睡觉的时候，可能会忘记这件事。只要一睁眼，这件事情马上就进入我的脑子，一分钟一秒钟都忘不掉啊。到现在，我其实还有一种幻想，感觉梓钰好像过几天还能回来，老是抱着这种幻想。

子墨点评：

事发后，两家幼儿园都向家属表示了歉意，也表示愿意在经济上进行补偿。然而，这两个幼小的生命却永远也救不回来了。如果老师能够在下车的时候回头多看一眼，如果老师能够在孩子调皮时多一点耐心，也许这样的悲剧就不会发生。而这些除了需要变成写在纸上的规章和流程，更重要的是需要老师们和幼教工作者们用责任心将它写在心里。

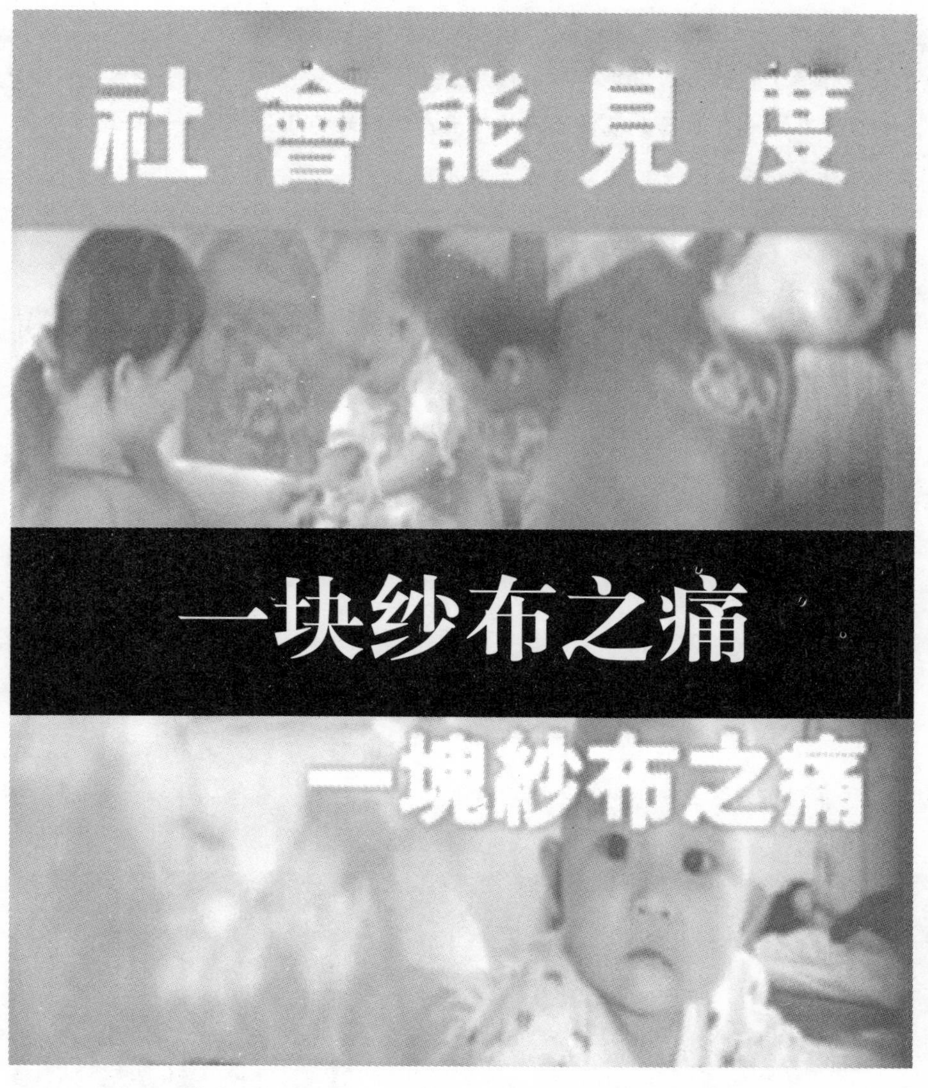

一个顺利分娩的产妇，半年里经历三次阴道手术，未愈合的伤口里竟然发现一块纱布。一个民工家庭在城市里遭遇医疗纠纷，“边缘人”的身份和经济的困窘，使他们茫然无措、忍气吞声。从乡村走入城市，他们仍旧被拒于社会保障体系之外。如雨后春笋般出现的民营医院，其医疗水准谁来监管？

杨晶晶，20出头，一位淳朴的河南姑娘，两年前南下深圳打工，和丈夫杜江住在城中村的一间出租屋里。2006年2月7日，他们的女儿“微笑”出生。分娩过程很顺利，孩子也很健康，然而生产之后的杨晶晶并没有体会到多少做妈妈的快乐，巨大的生理疼痛使她生不如死。

子　墨：生产前医生和你说过什么？

杜　江：一个主治医生说，我给你老婆做了一个小的侧切手术（会阴切开术，使产道口变宽，让胎儿顺利产出），缝两三针就没事了。

子　墨：什么时候拆的线？

杜　江：生产后第三天早上，一名护士在病房里把线拆了。

子　墨：有没有事先告诉你们，伤口愈合了，可以拆线了。

杜　江：没有，也没有主治医生的检查，只有一名护士过来操作。

杨晶晶：我问护士，人家都是生产后一个星期才拆线，我还不到三天，怎么这么早给我拆线？她说，可以拆了。然后在伤口缝针处剪了三下，走了。

杨晶晶拆线第二天就感到伤口不舒服。杜江一看，妻子的伤口处裂开了一

杨晶晶　　杜江

条长约一厘米的口子。两人赶紧回医院检查。院方的解释是，会阴修补手术用的是可以被人体吸收的缝线，而杨晶晶恰恰属于极个别的不吸收体质，医生建议她住院治疗。杨晶晶没想到，从此以后，她经历了长达半年的各种各样的疼痛。

子　墨：换药的时候有多疼？

杨晶晶：每次我都用牙咬着毛巾，手拉着病床的栏杆。有时一天换一次药，有时一天两次。

子　墨：能忍受那种疼吗？

杨晶晶：只能自己鼓励自己，心说早点好就可以早点回家了。

杜　江：每天换药、烤灯，经过十来天，伤口不但没愈合，伤口上面的肉芽都给烤死了，不可能再愈合了。医生说，这样吧，我用刀子把伤口表层已经死掉的肉刮掉，这样长得比较快。

杨晶晶：每次刮的时候都给我打麻药，刮一次打一次。麻药过后，非常疼。

子　墨：有多疼呢？

杨晶晶：我感到整个身体都聚焦在那一块了，疼得我连腿都不想动。

子　墨：一共刮了多少次？

杨晶晶：三次。刮一次他就把一大块纱布塞到我的阴道口里，外边是被刮的伤口，里面又塞了好些东西，我特别难受，只能平躺着，不能动。

为杨晶晶接生和看病的深圳雪象医院是一家成立两年的民营医院，位于深圳市龙岗区布吉镇，前来就诊的患者大多是在附近居住和打工的农民工。近年来，由于大量外来人员涌入、医疗改革成效不显著以及医疗费用居高不下，民营医院成为深圳资本投资的热点。仅2004年一年，深圳就有16家民营医院通过审批，投入运营。雪象医院离杨晶晶家不到1千米，收费相对低廉。为了照顾病痛的妻子，杜江不得不常常请假往医院跑。刚出生几天的女儿只能交给同在深圳打工的父母照看。3月2日，杨晶晶被告知，她需要第二次手术。

杨晶晶：他们说伤口挨着阴道口的这边长上了，会阴那边没长上，有一个斜的洞直通阴道。如果让它自己长的话，不好长，必须把以前长好的伤口剪掉，露出新鲜的创面，重新缝合，会好得快一些。

子　墨：这次手术进行了多长时间。

杜　江：差不多两个小时。我老婆被推出手术室后，我问主治医师，他说很顺利，不用担心，明天就不疼了。

子　墨：你爱人感觉怎样？

杜　江：她还是很疼，出了手术室就拽着我的手说，怎么那么疼啊，比第一次疼得多，实在受不了了。

子　墨：医生有没有说为什么会这么疼？是什么原因导致的？

杜　江：医生解释说那个伤口本来已经长好了，现在给它剪开，把长好的肉活生生剪掉，麻药过后当然会疼一点。

子　墨：是阵疼还是一直疼？

杨晶晶：一直疼，疼得一条腿好像不存在了，疼得我按着自己的腿，还是不行，疼成那样。

3 月 13 日，除了一个没有愈合的针眼，杨晶晶的疼痛感基本消失，她再次出院。然后，不到一个星期，她就不得不再回医院治疗。这次的疼痛更为严重，情形也更为匪夷所思。杜江在妻子的阴道口里，竟然发现了一块纱布。

子　墨：怎么发现里面有纱布的？

杨晶晶：做完手术 12 天，我出院回家。出院前，还有一个针眼没长上，他们让我回家后每天用温开水泡高锰酸钾坐盆，说是坐几次就能好，过一个星期来复查。我坐到第三次的时候，发现阴部有血，是那种黑色的血，闻起来很臭。第二天早上，我发现右侧和左侧会阴全部肿起来了，我老公一看，发现一块纱布头。

子　墨：露出来的纱布头是什么样的？

杜　江：黑色，上面有黑色的血块。

子　墨：露出来的面积有多大？

杜　江：指甲盖那么大。

子　墨：有特殊的味道吗？

杜　江：臭，很臭。我马上带我老婆到医院找那个主治医生。她说怎么会有纱布呢，不可能，过来我给你检查一下。然后把晶晶带到病房，把纱布取出来。她说（手术完）走的时候（纱布）是我给你放进去的，我不是跟你说了嘛，7 天后来复查。她就这样跟我们解释。

究竟是医生故意放在伤口上，还是失误留到伤口里的，院方据说也展开过调查。雪象医院院长杜文景却另有解释。

子　墨：杨晶晶认为院方第一次为她拆线就不太合乎程序，当时只有一个护士在场，并且没有经过主任医师的同意，也没有检查她的伤口是不是愈合了，是不是可以拆线了。从分娩到拆线仅仅过了 3 天。

院　长：不是第 3 天拆的线吧，拆线的时间病历上都有记载。

子　墨：应该几天拆线？

院　长：一般来说这个地方的线四五天就可以拆。

子　墨：那第二次手术的纱布是怎么回事？

雪象医院院长杜文景

院　长：我们后来调查，她（主治医师）说是拆线的时候有一个小针孔长得不是很好，就放了一块纱布进去，在阴道口很表浅的地方，不是说像腹腔胸腔那种很深的地方。

子　墨：但是杨晶晶和她的家人认为这个纱布是医生疏忽留在里面的，而不是有意放的。

院　长：是在阴道口上，在外表的地方啊。

子　墨：那医生是不是应该告诉病人，比如说是为了止血，有意放了一块纱布在那里。

院　长：她坐浴或清洗的时候应该可以看见，这块纱布一泡就掉了。

纱布被取出后，医院给杨晶晶单独安排了一间病房，提供免费治疗，医生每日给杨晶晶的伤口进行药物治疗。然而，肿是消了，却又引起阴道口的大面积水肿，站不能站，走不能走，整日躺在床上，还要扇风降温，痛苦难当。

子　墨：躺在床上不走路也疼吗？

杨晶晶：躺在床上要把它（阴道口）敞开，不热就不会疼得太厉害。当时房间很热，我就拿扇子扇，不扇的话就很疼。走路的时候磨得疼得不得了。

子　墨：肿得有多厉害？

杨晶晶：大阴唇、小阴唇、阴道口全部肿了，还长了水泡，我连内裤都不敢穿。

子　墨：为什么会出现红肿和水泡？

杨晶晶：医生说是药物刺激的。他说阴道口那个地方的肉比较软，每天用棉签扒开上药，刺激得水肿了。

子　墨：医生用了什么救治办法？

杨晶晶：就用红霉素软膏。他说水肿急不来，如果抵抗力下降了，会好得慢，他让我多吃营养品。

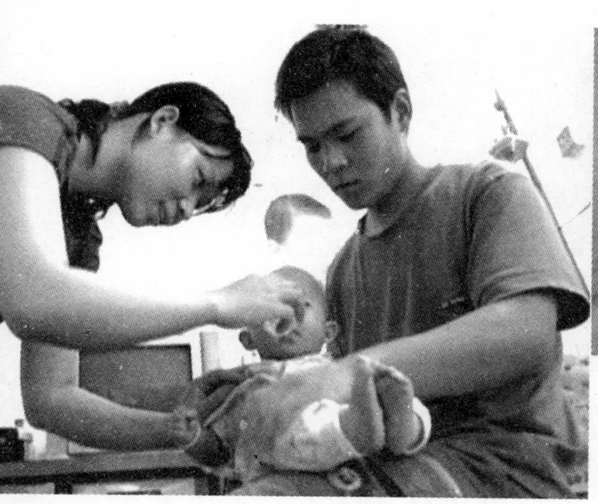

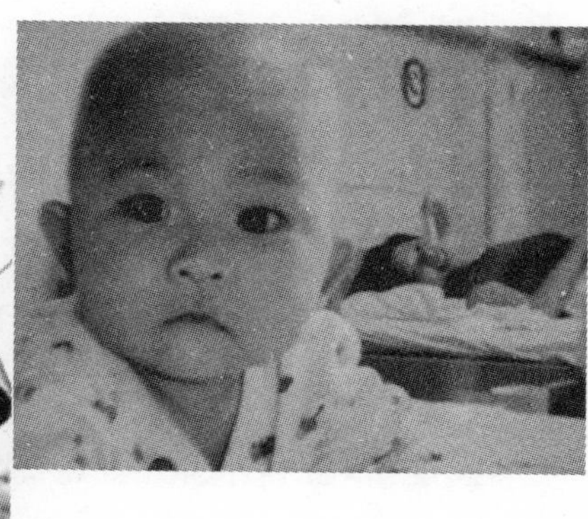

一场顺利的分娩带来如此巨大的身心折磨，超出了这对夫妇的意料

按照医生的说法，为了增强妻子的抵抗力，杜江买了许多补品，也不知道有用没有。这时，女儿出生、妻子住院、收入下降，杜江已经欠下了两千元的债。6月25日，杨晶晶接受了第三次手术。这一次，雪象医院为她请来了深圳市妇幼保健院的一位教授。

子　墨：第三次手术前你的病情怎么样？

杨晶晶：水肿好一点，但是分泌物一刺激就不行了。来月经那几天，里面痒得不得了。他们说请了妇幼医院最有名的医生给我看病，说我挺有福气的。

子　墨：为什么要进行第三次手术，你知道吗？

杨晶晶：他们说我阴道壁上有一个小指甲盖大的硬块，怕以后再感染到其它地方，动了手术就可以直接回家。

子　墨：这个硬块你自己能感觉到吗？

杨晶晶：感觉那个伤口像针扎似的，但我自己又看不到。我把这种感觉跟医生说，医生说是我的幻想，是我的心理作用。我说那里痒，他用扩阴器打开，天天检查，天天看。我说有，他说没有。后来我说你们看不了就给我转院。

子　墨：手术后好起来了吗？

杨晶晶：做完手术后五六天，他们给我拆线，拆的时候，不停地往外流水，里边的伤口一直没有愈合。十几天以后，主治医生又把外面已经愈合好的伤口用刀子剪开，发现里面有个血洞。当时我一看，吓得整晚上都没睡着觉。

子　墨：怎么会有一个洞呢？

杜　江：她的阴道壁已经连续切了三次，每次动手术都要把以前伤口的肉切掉，阴道壁薄了很多，她当时吓得趴在床上哭。她说，你去跟医生说，让他们给我打点药吧，我真不想活了，那么大一个洞什么时候能长好啊。

经历过这样一番痛苦的治疗，按理说，杨晶晶早就应该对这家医院失去信任了。她曾两次提出转院，但最终迫于经济压力和自身所处的劣势地位，还是选择了心怀侥幸，忍气吞声，一而再再而三地接受了医院的安排，然而一次次的妥协，带来的却是更大的伤痛。

子　墨：为什么一定要忍，不忍不行吗？

杜　江：多一事不如少一事啊。在深圳这种地方，像我们这种情况，一没文化，二没技术，能拗过一个医院吗？我就是这种想法。

子　墨：什么时候开始要求转院？

杜　江：第三次手术前，那块纱布让我老婆痛得太厉害，我直接去找院长。院长说，这样吧，你别转院了，我给你们找妇幼医院的医生诊断一下。

子　墨：可是做了两次手术都是这个样子，为什么还相信他们？

杜　江：我感觉他们的态度很诚恳，很负责，说我们现在给你做免费治疗，花高额聘金去请其他医院的教授给你们看病。我被说服了。

子　墨：第三次手术后还是不能愈合，这时候还不坚持转院吗？

杜　江：已经到了这种情况，再怎么要求他们都不给转了，说这次是最有名气的教授做的手术，如果还愈合不好，是她本身抵抗力的问题。

子　墨：人是你们家的，如果你真想转院，自己叫辆车就可以把人接走啊，为什么一定要征得院方同意？

杜　江：这样走的话，如果我们以后再找他们，他们肯定不会承认给我老婆身体里留了纱布。但是最主要的原因，是因为我们经济（困难）。半年来我们几乎没什么收入。如果他们不承担转院的费用，我就没办法给我老婆治疗。当时我们咨询了一下，如果转院治疗，大概费用是5000到10000块。

与许多来深圳打工的农民工一样，生活的拮据、生存的压力让杨晶晶和丈夫把医疗健康这样的支出摆在了所有支出的最后一位。高昂的医疗费用使他们在公立医院的大门前望而却步，甚至连生孩子这样的事，也不得不选择一些廉价的民营医院和平价医院。杜江让杨晶晶在雪象医院生孩子，一个重要原因是它比布吉镇人民医院便宜三四百元钱。

子　墨：对你们来说，价格上的差异真这么重要吗？

杜　江：三四百块就相当于我半个月的工资。当时想如果多花三四百块，就等于白干了半个月，还不如就在这里看，又近又方便，既少耽误我干活的时间，还能省点钱。

子　墨：收费虽然便宜，可是对一个不知名的医院，你们放心吗？

杜　江：像我们这种打工的人吧，对自己得了病啊什么的根本不重视，感觉没有什么大不了的事。

实际上，来深圳打工的农民工中，有不少是请附近小诊所的医生到家中来接生的。杜江的一位亲戚就是不久前在家中生下孩子，所有花费只需要300元。对于杜江而言，为了迎接他们的第一个孩子，去医院已经是非常慎重的选择了。为此他存了半年的钱。

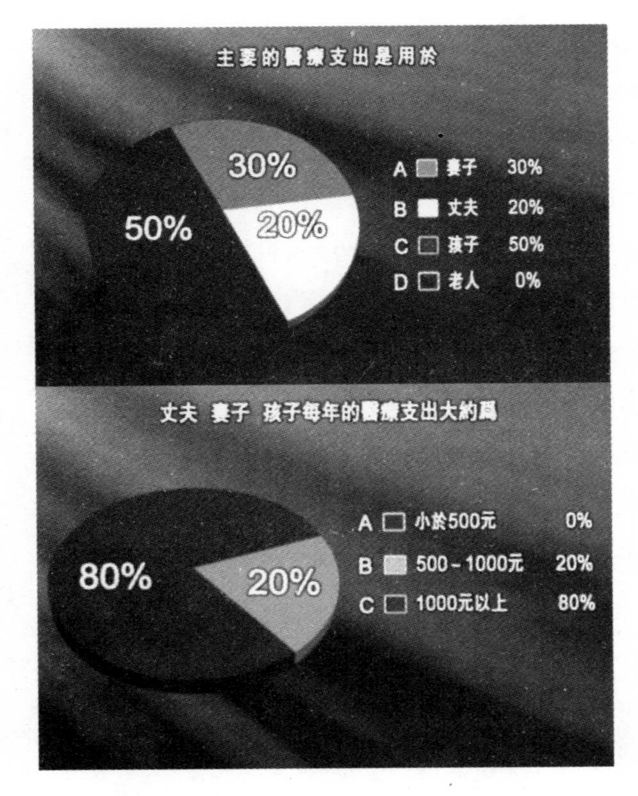

记者在杜江居住的城中村附近所做的医疗支出问卷调查

子　墨：深圳医院的收费水平比你们老家能贵多少？

杜　江：在老家，像我老婆这种情况，生一个女孩，在一个公立医院，300 块就够了。这里要 2000 多，相差很大。

子　墨：2000 块对你意味着什么？

杜　江：将近 3 个月的工资。

子　墨：心疼吗？花这笔钱。

杜　江：不心疼。自己要做爸爸了嘛。

子　墨：就不能再多花几百块钱到一家公立医院吗？

杜　江：当时没想，就想着一个亲戚花 300 块把孩子生在家里，难道我花 2000 块去医院生小孩会有问题吗？后来发生的事没有想到。

生孩子所引起的巨大折磨，不仅使这对年轻夫妇的身心遭受了重创，更对他们憧憬多年的城里人生活造成了阴影。他们离开土地和家乡，进入城市生活，梦想变成城里人，然而一朝生病，就不得不被残酷的现实打回原型。他们仍旧是几乎没有任何医疗保障的农民，根本无法享受与城里人平等的医疗权益。“边缘化”的身份特征使他们成为被医保制度“遗忘的角落”。

记者在杜江居住的城中村做了一份问卷调查，像杜江这样在深圳打工的农民家庭，每年医疗支出超过1000元的占到80%，一半以上的家庭最主要的医疗费用都花在了孩子身上。有了病，他们大多选择小诊所或平价医院。

子　墨：你希望转院吗？

杨晶晶：心里希望，但经济条件不允许，所以我就一忍再忍，有难过的事也不跟别人说，自己憋在心里。我想，慢慢等着，病总会好。只能这样想。有时也想怎么一个小伤口这么难长啊。

子　墨：事情发展到今天这个地步，你感觉有自己的原因吗？

杜　江：有，怕花钱太多。

子　墨：每天躺在病床上想什么呢？

杨晶晶：想家，想老家。

子　墨：以前想象自己做了父亲，有了孩子，会是什么样？

杜　江：白天上班，晚上回家逗孩子，陪老婆散步，看电视，做运动……就是电视上看的那些画面，我感觉这才是真正城里人的生活。我在农村读初中的时候，每个礼拜天家里都让我下地，锄草，干农活。我很讨厌干农活，现在来到城市，以后活得也要像半个城市人吧。

子墨点评：

采访的过程当中，杨晶晶和杜江一直显得很迷茫也很无奈。在一个陌生的城市里，在一片并不属于他们自己的土地上，他们并不知道应该如何去面对这突如其来的意外，也不知道应该如何去维护自己的权益。然而在转型时期的中国，已经有越来越多的像杨晶晶和杜江这样从农村来到城市的打工者，他们已经形成了一个巨大的不容忽视的群体，因此如何去解决他们的医疗保障问题，如何建立一个更加有效的社会保障体系，已经成为摆在我们面前急需去解决的问题。

器官移植之后

一个是下岗女工，死在手术台上。一个是淮北农妇，活着形同废人。是否两人真的患有严重的先天性心脏病，非要进行心肺移植手术才能生存？还是如病人家属怀疑的那样，医院和医生为贪学术之功，擅自拿病人做实验？

2003年9月25日中午，22岁的黄凌接到舅舅从江苏镇江第一人民医院打来的电话，让他马上从上海赶往镇江，说他的母亲陈凤英在心肺移植手术中出了问题。黄凌立即驱车赶往镇江，半路上却接到电话让他返回上海等待。当晚9时，黄凌在上海东方医院见到了已然过世的母亲。陈凤英死时49岁。黄凌怀疑母亲的死另有隐情，怀疑母亲是被医生做了人体实验。在他的印象里，母亲身体一向不错，生病期间还能爬6层楼梯。他不相信母亲一下子就得了先天性心脏病，非得换心换肺才行。2005年9月，黄凌一纸诉状将医院告上法庭。

子　墨：你母亲什么时候开始感觉身体不舒服？

黄　凌：2003年年初。一开始去东方医院检查。医生根据我母亲的表述，加上一些常规检查，判断是冠心病。冠心病应该不属于很严重的病吧，医院认为吃些药，做保守治疗就可以了。

3个月后，陈凤英再次到东方医院就诊时，诊断结果却截然不同。这次为她诊断的是时任副院长兼中德心脏中心主任的刘中民。他告诉陈凤英，如果不移植心肺，她将只有3个月的生命。

黄　凌：东方医院院长为我母亲做了专家门诊检查，说我母亲是肺动脉高压、心功能失节，她的病很重很重，活不到3个月，除了心肺联合移植手术之外，没有别的选择。当时我母亲相信了他的诊断，认为自己不做手术的话肯定没命了。她有要搏一下的感觉，不做手术还是没命？还是做一下吧，别无选择。

全世界第一例心肺联合移植手术在1968年完成，这种手术至今仍然是一项高风险、低存活率的尖端手术。在中国，迄今有报道的手术案例仅十多例，存活超过100天的微乎其微，且费用极为昂贵。除手术所需的几十万元费用外，患者术后需要终生服用抗排异药物，每年的药费仍需几万元。这样的巨额费用

陈凤英之子黄凌

对下岗女工陈凤英和她做小本生意的丈夫来说，原本根本无法企及。但是医院提出，陈凤英如果同意做手术，一切费用都由院方承担。2003年9月21日，上海东方医院安排陈凤英入住镇江市第一人民医院接受心肺移植手术。在这里，陈凤英在院方安排下见到了来自苏北的农妇徐小平，两个月前她刚刚接受过心肺移植手术，与她的见面使陈凤英对手术的前景更加乐观。

子　墨：手术为什么会选在镇江进行？

黄　凌：因为手术的心肺供体在镇江，必须去镇江做。手术前，院方领来一位女士，对我母亲宣称，2003年7月她也在镇江医院做了心肺联合移植手术，手术很成功，病人恢复得很好。这是要打消我母亲的顾虑。

2003年9月24日下午，陈凤英的手术开始进行，一直持续到25日凌晨。手术过程中，陈凤英的弟弟和第二任丈夫王翔生守侯在手术室门外，并与黄凌保持着电话联系。据陈凤英的弟弟说，陈凤英在出手术室时已经死亡。当天，陈凤英的尸体被跨省转移回上海东方医院。黄凌在停尸房见到母亲时，“她身上还插着氧气，肚子被划开了，没有缝合，全身上下都是血”。此后，这一幕如同梦魇缠绕着，他经常在梦中看见母亲血淋淋的身体。

黄凌和他的父亲黄荣康开始怀疑陈凤英的病情是否严重到需要做换心手术。黄荣康说，陈凤英28岁嫁给他，儿子是足月产下的，8斤多重。二人的婚姻维持到1999年7月，离婚前他们还去过一次庐山，陈凤英能一口气爬到山顶。此外，陈凤英还多次做过义务献血。这也佐证了陈凤英不应患有严重的先天性心脏病，因为只有体检合格的人才可能献血。

黄　凌：我母亲原先身体挺好的。去医院检查之前还在上班，有时还出去旅游。

子　墨：她原先从事什么样的工作？

黄　凌：我母亲在上海长江航运公司，在船上工作，做体力劳动，身体非常好，是通过了单位的体检，达到身体合格标准后才上船工作的。

子　墨：你最后一次见到她，她当时身体状况怎么样？

黄　凌：去镇江医院之前身体状况比较稳定，我母亲是自己提着包上车的。

子　墨：你认为东方医院做这个手术的真相是什么？

黄　凌：他们医院可能存在拿我母亲做医学实验的问题。

黄凌认为母亲的死亡不仅是医疗事故，而且是刑事犯罪。他将上海市东方医院（被告一）和镇江第一人民医院（被告二）告上法庭。上海东方医院则称，陈凤英因手术并发症排异反应而死亡，医院医疗行为符合诊疗护理规范、常规，不存在拿患者做实验之说。黄凌对陈凤英是否患有肺动脉高压、心功能是否达到四级、手术前是否只有3个月存活期、是否需要做心肺联合移植手术等的事项申请司法鉴定，医院则认为已经过了时效，不同意做鉴定。

2006年2月，上海浦东新区法院做出一审判决："鉴于医疗行为和医疗过程的专业性强，故被告是否存在医疗过失和过错，应通过结合原、被告提供的证据，并参考医疗鉴定部门对医疗技术问题进行鉴定的分析意见和结论加以判定。原告已提出了鉴定申请，故可认定其已经履行了适当的举证义务，被告坚持认为原告诉讼时效已过，不同意鉴定，导致鉴定无法进行，被告应承担举证不能的责任。”

一位律师看过判决书后说，这是一份模糊的判决，既判黄凌赢了官司，又不支持其诉讼请求，被告只承担了举证不能的责任。一个月后，黄凌向上海市第一中级人民法院提出上诉。中院撤销了一审判决，将案件发回浦东新区法院重审。在此期间，黄凌聘请了中国政法大学的卫生法学专家卓小勤做代理人，聘请汇佳律师事务所的张胜富做律师。他们对案件提出了以下几个疑点。

疑点一：陈凤英是否已经病入膏肓到了必须移植心肺的程度？

根据陈凤英的病例记录，2003 年 3 月 26 日刘中民在上面亲笔写着：症状：神清，无颈静脉怒张，两肺无鸣音。心跳 80 次 / 分，率齐。未闻病理杂音。P_2 上升，双下肢不肿。诊断结论：原发性肺动脉高压，右心衰，心功能四级。卓小勤认为，按照病历上描述的症状，不能得出“原发性肺动脉高压，右心衰，心功能四级”的结论。

卓小勤：陈凤英的门诊病历里记载的检查情况不符合“心功能四级”和“肺

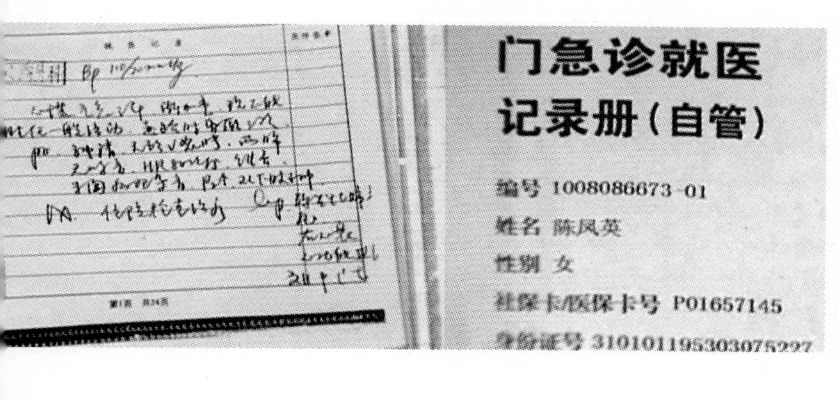

陈凤英的就诊记录

陈凤英案件的代理律师张胜富

动脉高压”的临床表现。如果是心功能四级的话，她不可能自己步行到医院来看病，她必须平卧于床，端坐呼吸，即使最轻微的运动都会无法耐受。另外，“心功能四级、肺动脉高压”还有很多临床表现，如颈静脉怒张，出现肺水肿，引发肺部鸣音，严重的还会出现下身或全身浮肿。这些症状在记录上都没提到。

子　墨：“右心衰，心功能四级”意味着什么？应该有什么样的症状？

某心外科专家：右心衰病人一般可能出现双下肢、颈前水肿，极重病人会出现肝大或颈静脉怒张的情况。如果没有这几种情况，仅凭双下肢水肿，也可以说明问题。

子　墨：医生告诉病人只有3个月的存活期，根据诊断结果能不能得出这样的结论？

某心外科专家：我相信结论下得稍微有些仓促，应该补充更多检查。

张胜富：他（刘中民）这样的行为，太脱离他的技术职称和学历水平了。我们怀疑有很大的恶意成分在里面，是想把一个不符合手术指征的病人圈定在符合手术指征的范围之内。

针对律师指出的疑点，记者前往上海采访，东方医院和刘中民都予以婉拒。院方的律师张震方与记者进行了接洽。

子　墨：患者家属提供了一份原始的门诊病例记录，记录是刘中民医生亲笔写的。我们咨询了一些心脏病专家，他们说没有办法根据症状得出结论，两者之间有矛盾。

张震方：你刚才讲的刘中民医生的记录，我这里好像没有看到。

疑点二：上海东方医院是否具备进行心肺移植手术的资质？

张胜富：按照上海市的规定，从来没有在国内开展过的技术，包括在本院从来没有开展过的新技术，要经过卫生局批准才能实施。据我们了解，东方医院从来没有做过这种手术，陈凤英是第一例。第一例手术没有经过卫生局的批准就擅自来做，并且在手术同意书上没有告诉陈凤英这个技术是实验性质的，是没有经过批准的。

2004年7月，上海市卫生局给东方医院下发了《医疗新技术准予临床试用通知书》，显示“同意东方医院对‘心肺联合移植技术’进行临床试用”，但这份通知书的下达时间是在陈凤英死亡10个月以后。

卓小勤：上海东方医院是2004年7月获得资质的，陈凤英的手术在2003年9月份，明显是违规违法行为。如同我们在拿到驾驶证之前上路开车一样，是违法行为，如果撞死了人就是犯罪行为。他首先应该告知患者，我还没有获得这个资格，现在我要给你做手术，如果你愿意认可，那我们就做。但是，在黄凌为我们提供的30页病历里，没有发现一份上海东方医院告知陈凤英自己没有心肺联合移植手术的资格这样一个事实，只言片语都没有发现。

疑点三：医院是否在手术前将全部风险告知给患者及家属？

黄凌称，手术前，医院曾有手术成功率98%的说法。院方对此坚决予以否认。

子　墨：医生怎么向你母亲介绍这个手术？

黄　凌：他介绍他们医院有很高的把握做心肺联合移植手术。因为以前在这方面有多例成功先例。医院心脏外科副主任范医生告诉我，他们医院做这个手术的成功率是98%。

子　墨：患者家属说，姓范的博士医生跟陈凤英说医院做这个手术成功率能到98%，有没有这回事？

张震方：范博士不可能说这个话。因为心脏移植手术成功率不可能达到98%，这是个常识问题。患者家属一直在外面造谣说我们打过保票，没有这回事。

疑点四：陈凤英手术过程中的主刀医生到底是谁？

根据陈凤英家属提供的手术记录单，主刀医生中，刘中民的名字排在第一位。而东方医院的律师张震方说，刘中民并非给陈凤英主刀的医生。

张震方：陈凤英不是刘医生主刀的，应该由陈锁成主刀吧。

陈锁成，镇江第一人民医院胸外科主任，与东方医院的刘中民院长一起参与了两例心肺移植手术。一例是陈凤英，另一例是陈凤英手术前见过的那位苏北农妇徐小平。徐先于陈两个月做了心肺移植手术，术后与陈凤英见面，使她对手术的信心大增。

子　墨：你见过一位病人叫陈凤英吗？

徐小平：见过。

子　墨：在什么样的情形下见的她？

徐小平：在监护室里见的。镇江医院的护士把我搀过去，那会儿我根本不能走路，两个人把我搀着过去，护士指着我对陈凤英说，这是我们医院做了心肺移植手术的病人。

术后，陈锁成和刘中民分别在专业医学杂志上发表论文《两种异体心肺联合移植一例》和《心肺联合移植手术一例及围术期处理》，内容均为对患者徐小平实施的心肺移植术。而徐小平自己却表示给她做手术的既不是刘医生也不是陈医生，而是一位姓翁的医生。

子　墨：手术是谁做的你知道吗？

徐小平：我做完手术醒了之后，护士告诉我是翁渝国教授做的。

徐小平所说的这位翁医生是华裔德籍医生，德国柏林心脏中心的副院长。在上海东方医院和镇江第一人民医院均设有与德方合作的中德心脏中心分支。翁渝国表示他不是这台手术的主刀医生。

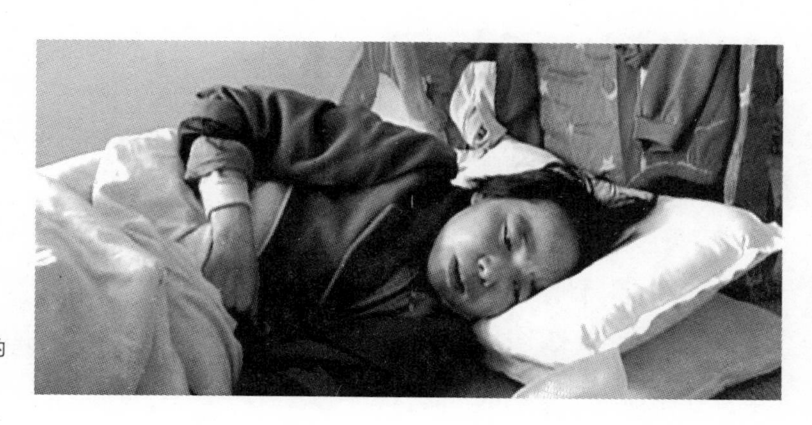

躺在病床上的徐小平

张震方：我跟翁医生联系过一次，也见过他。翁医生在中国搞心脏病指导，最多是指导，不会主刀的，他签过协议的。这个手术整个过程是刘医生主刀的，有录像和照片。

同样被诊断为先天性心脏病，同样做了心肺移植手术，地点同样在镇江第一人民医院，费用同样被免除，同样主刀医生成谜……所不同的是，陈凤英死了，徐小平活着。36 岁的徐小平术后已存活 3 年，是国内此项手术后存活时间最长的人。然而，律师提出了与陈凤英案一样的质疑，患者是否真的出现了手术适应症？是否真的需要接受高风险的心肺移植手术？

子　墨：手术之前身体怎么样？

徐小平：手术之前我做生意。夜里 3 点钟我和我老公起来杀猪，早上 5 点钟拉到市场去卖，一直卖到晚上 7 点钟才回去。天天都要做生意。

子　墨：您自己搬运猪肉吗？

徐小平：要把猪放到秤上，大猪要 200 多斤呢。

除了能搬动 200 斤的猪肉，徐小平还生过 3 个孩子。律师认为，如果她真的患有严重的先天性心脏病，将无法承受连续 3 次怀孕分娩的过程。

子　墨：你有几个孩子？

徐小平：3 个，最大的 16 岁，最小的 10 岁，26 岁生的。3 个都是女儿，在农村是要生男孩的，中间还流过两次产。

子　墨：无论流产还是生孩子，都很顺利吗？

徐小平：很顺利。全是自己生下来的。

子　墨：徐小平手术前的病历是否显示她真的需要进行心肺联合移植手术？

徐小平很后悔进行这个手术，因为现在自己已经“成了一个废人”

下岗女工免费换心肺死亡 家属疑其被做人体试验 新闻中心 新浪网
在陈凤英手术失败死后,王翔生和东方医院签署了一份协议,从此再不过问此事。
这之后,陈凤英就住进了东方医院,等待着...第二日,即2003年6月13日,陈凤英入住东方医院胸外科,7月17日出院,东方医院胸外科给陈凤英开出了一份出院小结,出院...
news.sina.com.cn/s/l/ ... /013111282950.shtml 112K 2007-8-14 - 百度快照
news.sina.com.cn 上的更多结果

江门新闻网—女工做换心肺手术后死亡 医院被指做人体试验
在陈凤英手术失败死后,王翔生和东方医院签署了一份协议,从此再不过问此事。
这之后,陈凤英就住进了东方医院,等待着...第二日,即2003年6月13日,陈凤英入住东方医院胸外科,7月17日出院,东方医院胸外科给陈凤英开出了一份出院小结,出院...
www.jmnews.com.cn/c/2006/ ... /c_875381.shtml 62K 2007-10-27 - 百度快照

上海东方医院称南方周末治心术调查报道失实
2、关于患者陈凤英的心脏移植手术。东方医院完全按照医疗常规进行检查、治疗。所有检查(包括心脏导管检查)都明确诊断陈凤英为“原发性肺动脉高压(肺动脉收缩压110mmHg),心功能衰竭”。完全丧失劳动能力,半年内因咯血、心衰三次入住东方医院...
news.qq.com/a/20061213/000333.htm 51K 2007-10-29 - 百度快照

两例心肺移植手术引起媒体的广泛质疑

张胜富：我们曾经陪同徐小平的爱人一起到医院要求查看病历。我们依据是《医疗机构病历管理规定》和《医疗事故处理条例》的有关规定要求看病历，但是镇江第一人民医院以这是技术秘密为由予以拒绝。

据《南方都市报》报道，手术一周年，徐小平的家属曾经跟镇江第一人民医院签下一份协议：“医院出面联系新闻媒体，帮助捐款，必要时医院帮助解决部分经费；医院帮助徐小平开一小店，做生意；医院给徐小平住房两间。”此外，还“临时补贴徐小平2000元生活费，3个小孩转学到镇江上学”。但是，没几个月，徐小平就与医院闹翻了。事情的起因是“学校把我女儿的学停了”，小店也没开，医院把她每月的生活费从400元调到900元。

2005年年初，徐小平离开镇江，在上海东方医院安顿下来，成为该院心肺移植手术成功的“活广告”。东方医院为她举行了“换心肺后的两周岁生日”，刘中民还带着她坐了一次磁悬浮列车，上海媒体对此进行了报道。徐小平说，东方医院在上海浦东的一个镇上给她们租了一间房，把她的3个女儿安排进了镇上的学校，每个月给她提供药品和2000元生活费。但她现在仍然很后悔，因为自己完全丧失了劳动能力，“成了一个废人”。她现在也聘请了陈凤英一案的代理律师，要为这场心肺移植手术讨个说法。

子　墨：就徐小平案例来说，您认为医院给她实施心肺联合移植手术的目的是什么？

张胜富：一个心外科医生，如果能在心肺联合移植手术上获得成功，会是一个巨大的荣誉，相当于新闻工作者获得普利策奖一样。这种学术地位是一个医生梦寐以求的。

子　墨：你现在身体状况怎么样？

徐小平：心脏跳得快，没力气，连饭也不能做，做不动，都3年多了。气喘不上来。有时候心跳120多下。

子　墨：东方医院照顾你的生活吗？

徐小平：照顾。一个月给2000块钱。3个女儿上学的学费全是他们出，房租也是他们出。现在活一天是一天吧，多想也没用。我很后悔，当初不该做这个手术，情愿死也不做，哪怕3个女儿去要饭，我也不要受这个罪。

子墨点评：

心肺移植手术作为一种新兴的医疗高科技手段，尚有诸多争议。我们曾经多次努力以期获得东方医院方面的专业性说法，呈现事件双方的态度，但很遗憾，我们的努力未能如愿。对于徐小平和陈凤英来说，她们是不是真的有先天性心脏病，是否必须进行心肺移植才能生存，为什么巨额的医疗费会被免去，这一系列的问题目前还都没有定论。相信随着案件的推进，这场关于人体实验的官司一定会水落石出。

谁盗取了我的骨髓？

患者心中原本治病救人的白衣天使，瞬间变成了抽人骨髓的恶人。髂骨移植手术，患者全身麻醉，一只钢针插进骨头，神不知鬼不觉，骨髓被盗取。这是人体试验还是科学实验？是个人行为还是院方默许？事后，该升迁的升迁，该行医的行医，直到被媒体曝光……然而，最后受到惩罚的，不光是肇事者，还有举报者。

2005年7月17日，一个匿名电话打破了张先生家的沉寂。电话说，有人在沈阳医学院奉天医院接受髂骨移植手术时，被医生盗取了骨髓。放下电话，张先生有些不安，妻子张燕筠更是难以平静，因为她刚刚从这家医院的手外科出院。早在出院以前，他们就听到传言，有病人在手术时被抽取了骨髓。

子　墨：打这个电话的是什么人？

张先生：听声音像是一位四五十岁的男同志，说话很稳重。他说，我是一个医生，我的学生在给病人做髂骨移植手术时，在没有告知患者的情况下抽了一点骨髓，现在这名患者知道了这件事。你的爱人也是患者，假如你们摊上这件事，会有什么要求和想法？我听完一愣，然后说，这是违法行为，得蹲监狱，等于小日本回中国，拿患者做实验啊。

子　墨：接到这样一个莫名其妙的电话，你当时怎么想？

张燕筠：很害怕，怕万一是我，心理承受不了，当时我就哭了。

子　墨：哭什么？

张燕筠：我觉得有可能是我。

子　墨：电话里又没明说是你的骨髓被抽取了，怎么就联想到自己呢？

张燕筠：因为说是做髂骨移植手术时抽的骨髓，我做的就是这种手术，做

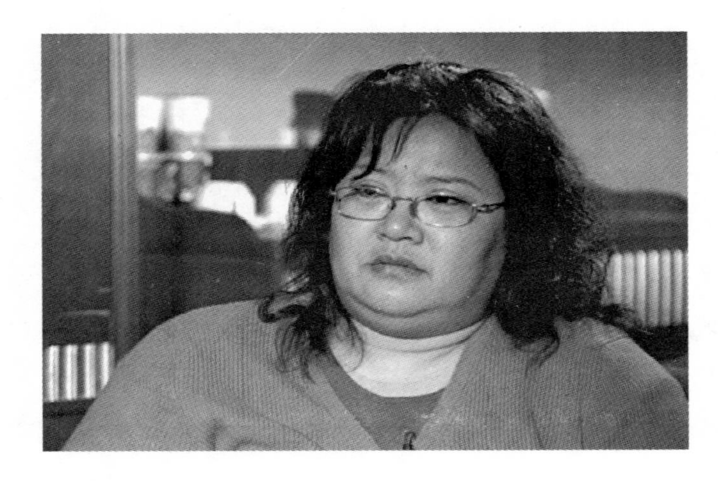

张燕筠

这种手术的患者很少。

2004年年初，张燕筠遭遇车祸，左小腿受伤严重。救护车把近乎昏迷的她送到了沈阳陆军总院，医生给予的治疗方案是：截肢。张燕筠的丈夫拒绝了这一方案，迅速把妻子送到骨科非常有名的沈阳医学院奉天医院。入院后，张燕筠先后接受了7次手术,仍旧没能重新站起来。通过在全国范围内遍访名医，北京积水潭医院的李为医生给她制订了第8次手术方案：从左胯部取下一块髂骨，将其移植到坏死的左小腿距骨上。2005年2月26日，李为在奉天医院为张燕筠实施了手术。“手术进行得很顺利！”这是李医生临走时留下的话。

子　墨：第8次手术的目的是什么？

张燕筠：距骨坏了，把髂骨挪到距骨上来，我就能站起来。

子　墨：手术的过程您还记得吗？

张燕筠：早晨7点半护士把我推到10楼手术室，8点钟我坐在手术室的床上，看医护人员组织手术器具。9点左右，我看到北京来的李为医生和蔡院长（奉天医院手外科研究所所长蔡林方）穿着手术衣服进来，他俩还跟我打了招呼。李医生说，别紧张，没问题。

子　墨：手术室有多少人记得清吗？

张燕筠：没数，反正很多，抬眼看就有七八个不认识的，说是来跟北京来的医生学习的。

子　墨：失去知觉之前，您最后的印象是什么？

张燕筠：有人问，锯准备好了没？是什么锯我就不知道了。

让张燕筠没有想到的是，这次原本顺利的手术不但没能治愈她的腿伤，反而在手术过后4个月，她移植的骨头都没有长好。按照正常情况，两个多月，骨头就应该接上了。张燕筠打电话到医院询问，医生也不能给她很好的解答，只是让她继续等待骨头慢慢生长。实际上，术后一个月，张燕筠就听到了“病人骨髓被盗”的传言。她曾致电北京的李为进行询问。李医生非常惊讶，表示根本不知道此事。她随后把怀疑的焦点转向了主治医生田某，一样未能证实。猜疑就这样持续着，直到接到这个匿名电话。

张燕筠：我是2005年2月份做的手术，三四月份听到谣传，说有病人在手术时被医院抽了骨髓。我开始没当真，到5月份谣传更厉害了，我就问我的主治医，这人是不是我？医生说，开玩笑，不可能，是你的话，我早跟你打招呼了。

子　墨：传言怎么说的？

张燕筠：说这个医院搞特殊实验，做髂骨移植的时候，抽了病人骨髓。

子　墨：为什么会觉得可能是自己？

张燕筠：按传言的时间推算，就是我。他们说是2005年年初做手术时抽的。

子　墨：既然怀疑，为什么不去证实？

张燕筠：怕证实是我，我承受不了。我的灾难太多了，坎坷太多了。

子　墨：担心抽了骨髓对身体有害吗？

张燕筠：肯定有害，我6月份照相的时候，骨头根本没接上。正常情况下，两三个月就开始接了，我到了第四个月骨头还没长，我害怕。

其实，接到匿名电话的不只是张燕筠，另一位患者邓先生也接到了类似的电话。他于2004年年底在奉天医院手外科做了髂骨移植手术。半年多后，接到一位自称王先生的人打来的电话，告诉他在手术的过程中骨髓被医院抽取了。事实上，实施一场手术，会有医生、麻醉师、护士等多人在场，抽取病人的骨髓的事情早就在医院内部传开了。随着事态的扩大，手外科研究所所长蔡林方意识到此事已经无法再隐瞒下去了，才主动找张燕筠坦白情况。接到匿名电话的同一天，张燕筠的丈夫接到蔡林方打来的电话。

为张燕筠进行手术的奉天医院

张先生：接到蔡院长电话那天是礼拜日。他问，你爱人照相没？我说，照了。又问，怎么样啊？我说，现在还没长好呢。他说，那你礼拜一把片子拿来我看看。我说，谢谢您关心。我挺感动的，觉得这人够意思，这么关心病人。7月18号，早晨8点钟，他们刚上班我就到了。我把片子拿给他看，问长没长啊？他说，没长，别着急。忽然对我说，老张，今天请你来想跟你说个事儿，我们给你媳妇做手术时，抽了点她的骨髓。我问，抽骨髓干啥？他说，搞点实验。我平时脾气很暴躁，但在这种情况下非常沉着，怕打草惊蛇。我问，抽了多少啊？他说，20毫升，我们搞科研有个项目正好需要，当时没跟你打招呼，今天特意叫你过来补充说明一下。

张燕筠：两点钟他进家门。我问，怎么了？他说，没啥事。我说，没啥事你眼睛怎么肿了？他说，外头风大。然后赶紧上厨房给我做饭。因为他不回家我吃不上饭，动不了。当他把第一个菜端到桌上，蔡院长的电话打到家里……我当时的心情是只有打他才能解恨。我拿着电话，不说话，挂上电话就哭了。我爱人在厨房里听到我接电话，不再进屋了。过了一会蔡院长又把电话打过来，他没说完，我就挂了。

子　墨：他是怎么跟你叙述这件事的？

张燕筠：说是搞科学实验，抽点骨髓，没伤害。

子　墨：抽了多少？从哪儿抽的？

张燕筠：20毫升，从髂骨抽的。当时我脑袋嗡嗡直响，一种无名火就拱上来，想喊不能喊，想哭不能大声哭，攥着手机，咬着牙，眼泪刷刷的。

蔡林方说，是手二科的刘伟医生在张燕筠手术时抽的骨髓，部位在左侧髂骨，地点在手术室，时间是在全身麻醉之后。其时北京来的李医生和张燕筠的主治医生田某正在手术室外面进行准备。可是，究竟为什么要盗取病人的骨髓？抽取的骨髓到底有多少？和移植的髂骨至今没有长上究竟有没有关系？这一连串疑问折磨着张燕筠。张燕筠决定亲自进行调查。她让家人推着自己去了医院，找到手二科的刘伟医生，并偷偷把两人的对话做了录音。

张燕筠：刘伟，那个事我知道后特别生气，我想知道取了多少？

刘　伟：20毫升。

张燕筠：谁让你在我身上抽取的？

刘　伟：怎么讲呢，是上边告诉我的，我们想做点这方面的研究，没有什么恶意的，而且对你也没什么副作用。再一个，上手术台的时候我不知道是你。

张燕筠：我现在追问一下我的骨髓哪去了？抽我的骨髓干什么？

刘　伟：在实验室做培养。

张燕筠：培养什么？

刘　伟：培养干细胞。

张燕筠：给谁培养？

刘　伟：谁也不给。

张燕筠：谁通知你去的？

刘　伟：公派。

“骨髓干细胞体外培养实验”是目前世界上热门的医疗课题，多家大型医疗机构都在开展这项实验。实验内容是把从人体抽取来的骨髓进行分离，分离出的干细胞可以分化成多个组织细胞，如神经细胞、骨细胞、肌腱细胞、血管细胞等。一个干细胞分化成若干组织细胞，再把这些组织细胞注入人体，可以治疗白血病、下肢缺血性疾病（如下肢动脉硬化、糖尿病足）等。实验一旦成功，对扩大医院在全国乃至世界范围内的知名度、提高经济效益，会起到很大作用，医生个人的国际影响、学术地位，乃至物质回报就更不用说了。根据中华骨髓库辽宁分库一名工作人员的说法，各医院进行“骨髓干细胞体外培养实验”所需要的骨髓，都是医院自己解决，与骨髓库不发生任何关系，至于医院怎么解决，那就不清楚了……

张先生：我问刘伟，谁让你抽我媳妇骨髓了？他说，公派，需要让我抽我就去了。我说，别公派不公派，谁让你抽的？他说，蔡院长。又说，大哥你别生气，我既然抽了，你什么时候需要，我什么时候到，我给你做证明。

子　墨：手术室其他医护人员看到这个过程了吗？

张燕筠：不知道。他最后说了这么一句话，要不然那个(骨头)割下来，它(骨髓）不也往下淌吗？我听了非常生气。我说我淌的和你抽的是两回事。然后又问，到底是割下来以后抽的还是先抽的？刚开始他有点支支吾吾，后来承认是先抽的骨髓。我到蔡院长那核实这事，问他是先抽还是后抽的？他说是先抽的，给我施行麻醉后，从我身体里抽取了18毫升骨髓。

子　墨：怎么从20毫升变成18毫升了？

张燕筠：不知道，后面又说成16毫升了。

子　墨：为什么选择您来抽骨髓？

张燕筠：他说因为我做髂骨移植，就得抽，要不然这骨头不也得割下来了嘛，割下来抽骨髓的针眼就没了，正好实验用。他说，我先在楼下抽的兔子和狗，然后上楼抽你的。

子　墨：这是他原话？

张燕筠：是原话。我就急了，我说你是731啊，拿我搞人体实验啊。我俩就吵起来。他暴跳如雷地喊，爱咋咋地，我不管，我不知道，我没抽。非常猖狂地否认这事。我又急又气，喊来我爱人，我爱人打电话把刘伟叫来。刘伟一进来，蔡院长态度马上变了。他说，老妹，都是我的责任，是我安排的，和刘伟没关系。他的话把我气得哆嗦到一堆儿去了。我告诉我爱人说，不听了，走！

子　墨：回家以后想了什么？

张燕筠：想想是医院保住了我这条腿，我决心把这事儿忍了，没跟我爱人商量，又给蔡院长打电话，想看看他究竟什么态度。他开始说不可能给我3万，最后又说给3万。我很生气，心说你们怎么连个正确态度都没有，那我就做法医鉴定去了。蔡院长说，医学院是我们的，你爱到哪做到哪做，爱去哪告去哪告！我气得把电话挂了。

7月26日，张燕筠与丈夫找到沈阳医学院奉天医院另一名院长陈述此事，对方答复“会尽快给个说法”。8月2日，张燕筠见到了这名院长，提出要求：以书面形式说明骨髓的用处；以书面形式进行道歉；处理相关责任人，赔偿50万元。8月3日，蔡林方来到张家进行当面道歉。8月5日，医院突然变脸，表示赔偿款只能给3万元，其他要求无法满足。张燕筠于是决定，不惜代价先拿到证据再说。此后，她与医院数次接触，最终接受了院方“赔偿6万元一次性了结”的条件。8月30日，张燕筠取回赔偿款的同时，与医院签订了一份协议书。其中两条协议为：

一、甲方因抽取骨髓行为补偿乙方6万元（人民币）一次性了结，此后不再承担任何责任。

二、乙方收到补偿款后，自愿放弃其他民事权利，不再以任何形式追究甲方的责任。乙方遵守诚信原则，不再向甲方提出任何要求。

子　墨：6 万块钱的协议是怎么达成的？

张燕筠：他（蔡院长）说给 5 万。我说，这样，6 万块钱咱们拉倒，但是你们得保证以后不能再抽别人。

子　墨：为什么要这 6 万块钱？

张燕筠：我要留个证据，我怕他们将来出尔反尔。

子　墨：这 6 万块钱能作为证据吗？

张燕筠：能，我同意这些条件，他们才和我签协议。

拿到这份有蔡林方亲笔签名的协议以及 6 万块赔偿款后，张燕筠认为终于拿到了证明医院窃取骨髓的证据。她希望能够安心地在家养病，其余的事情以后再说。然而，很快她就发现，当事人刘伟并没有因为盗取骨髓的行为被惩罚，反倒由副主任升迁为主任。她原来的主治医生田某因事调离了沈阳医学院奉天医院，经安排，刘伟竟然成了她的主治医生。此外，她在自己的病例上也发现了多处疑问。至 2004 年 4 月前，张燕筠明明做了 4 次手术，记录却只有 3 次。最后一次手术，明明是从北京请来的李为医生做的，手术人却写成了其他医生的名字。她感到再一次被医院欺骗了。

子　墨：医院对你的治疗是怎么进行的？

张燕筠：我出院了，没法再住院了。2005 年 12 月，原先抽我骨髓的医生刘伟从手二科调到手三科，而且还管我，我没办法在那儿住了。你说假如要杀你的人天天在你跟前站着你害怕不？我还

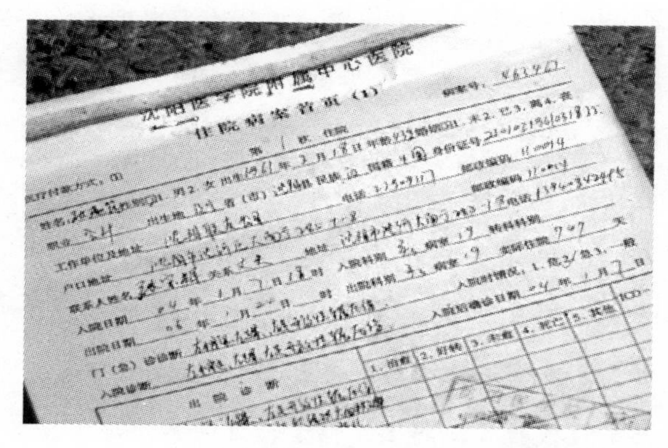
住院病案首页（1）
病案号
职业
工作单位及地址
户口地址
联系人姓名
入院日期
出院日期
门（急）诊诊断
入院诊断
出院诊断
1. 治愈 2. 好转 3. 未愈 4. 死亡 5. 其他

张燕筠发现自己的病历记录也出现问题

敢继续在那进行下一次手术不？我不敢了，我害怕被盗取别的东西。我只能出院，回家养伤。这是我自愿提出来的，人家没让我出院，所以回家这段时间，费用都得我个人承担。

子　墨：为什么不能接受刘伟做你的主治医生？

张燕筠：他的行为太恶劣了，太卑鄙了，是违法行为。这样的人没有受到严惩而且还得到升迁，我觉得太黑暗了，接受不了。

张燕筠回家之后，再次接到了匿名电话。对方希望她把与医院签订的协议传真过去，曝光给媒体。张燕筠感到事出蹊跷，没有同意。与此同时，沈阳《华商晨报》的记者也接到了匿名电话，举报奉天医院擅自盗取病人骨髓。消息令报社感到震惊，毕竟奉天医院是沈阳市市属最大的一家医院，他们的手外科在全国都非常有名。报社找到受害者张燕筠，希望她出来作证。

张燕筠：报社打来电话要采访这件事。刚开始我不想接受采访。我打电话给蔡院长，质问他，我住院期间，你们医院对我没有一个公正的态度，现在我都回家休养了，我的个人隐私资料怎么还被医院泄露出去，你们有什么权利把我的资料给别人？他说是因为两个医生闹矛盾把这事引起来的。他让我别理媒体，让我把电话换了，说他给我买个电话卡。我说你就没别的解决办法吗？他说，那人要再给你打匿名电话，你把他手机号告诉我。我说，要是媒体打来呢？他说，媒体绝对报不出去，我绝对能封杀，省宣传部、市宣传局，我都能封杀这件事。

2006年2月，《华商晨报》的记者经过两个多月的调查，最终把此事报道出来，张燕筠也站出来接受了媒体采访。这条新闻迅速被各大网站转载，一些医学领域的人在网上发帖子，说通常情况下抽取20毫升骨髓对于人体的伤害并不大，而且成年人骨骼的生长和骨髓也没有直接联系，对于张燕筠身体的影响也许并没有他们想象中那么大。

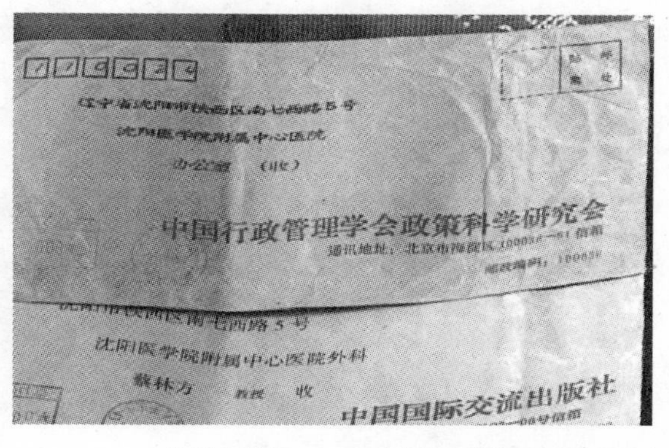

信封装的六万元是医院给张燕筠的“补偿款”

然而，张燕筠至今无法站立也是事实。每个月，她都要在丈夫的护送下到医院检查。因为药物的作用和长期不活动，她的体重已经超过100公斤。每次出门，她需要拄着拐杖，单腿蹦下8层楼，回家时再蹦上这100多级台阶。而她每下一次楼，张先生就需要来回往返4趟，搬运轮椅，帮助妻子。

沈阳医学院奉天医院赔偿的6万块钱被张燕筠分装在4个信封里，一分未动。对她而言，金钱的赔偿和身体的伤害都是次要的，心理的创伤更难复原。让她不解的是，虽然抽取骨髓的当事人已经受到处罚，但是那位打匿名电话的举报者竟然也遭到了同样的处罚：停医一年。

子　墨：8次手术都不哭，现在流泪是为什么？

张燕筠：伤心，我住在一家人民医院，竟被搞了人体实验，还没个说法，太伤心了，太失望了。

子　墨：我们咨询过专家，骨头是不是生长和骨膜有关，和骨髓没关系。

张燕筠：我虽然不懂这事，但我知道，每回做完手术，二三月骨头就开始长了，唯独这回不长，为什么？没有人为的原因，我不会多想，但是因为出了这个事，我就不得不想。

子　墨：如果真如蔡院长所说，对身体无害，你们就不能这么想吗，比如给医学实验做点贡献。

张先生：这方面知识我不懂，但要说对身体没害，我坚决不相信。不管搞什么科研，不管是抽血，还是抽干骨髓，都应该在人身体健康的条件下。我媳妇的腿本身就有毛病，身体状况这么不好，他们还来抽骨髓做研究，这样做有害于科学研究的效果。

张燕筠：假如没伤害，他可以大大方方地抽，理直气壮地抽，为什么过后才通知我？这不合乎常理。还有，假如没伤害，他怎么不抽他的家人呢？他本人是搞医的，他爱人是搞医的，他还有两个孩子，还有那么多亲朋好友，他怎么不抽他们的？为什么偷着抽别人的呢？

子墨点评：

采访中我们得知，张女士和她的丈夫是8年前才结合的，此前他们分别被疾病夺走了自己的爱人。如今张先生为了照顾张女士，辞去了工作，全家都靠80多岁的父母资助生活。为了排解妻子的忧郁，他给妻子买了各种玩具，买了一只小狗陪伴她，取名“乐乐”。还给家中所有的窗户装上了防盗栏，知道骨髓被盗的事情以后，张女士已经几次爬上窗台，被张先生及时发现。

面对这对坎坷的夫妇，我们本想把医学专家的话转告他们，让他们宽心，告诉他们被抽取的骨髓即便是20毫升，对于张燕筠身体的影响也许并没有他们想象的那么大。然而他们似乎更愿意不顾一切地去相信自己并不专业的判断。一边是掌握着大量专业知识的医生，一边是遭遇不幸、心理非常脆弱的病人，当后者的利益被前者侵犯的时候，我们还能要求这些无助的人们相信谁呢？

犯人之死

一个16岁的孩子与一位漆匠，先后病死在同一家看守所里。一个因食道有残疾，食不下咽，被活活饿死；一个得了黄疸性肝炎，延误医治，被活活拖死。狱医没有任何执业医师资格，却向犯人索要钱财。看守所见死不救，玩忽职守。生存难而又难，死却如此轻易。

2004年6月20日晚上8点，四川省南充市营山县，16岁的男孩官鑫中午外出一直没有回家。突然，电话铃响了——是派出所。电话里说，官鑫因为打架被拘留了，要在看守所等候处理。听到消息，官家人十分担心，不光是因为孩子打架犯了错,而是官鑫从小就和正常孩子不一样。他们担心他进了看守所，身体会受不了。

子　墨：被送进看守所时官鑫身体怎么样？

官　母：可以啊，他当时在南充驾校学开车，已经学会了。

子　墨：有没有医院证明，能证明他进入看守所时身体是健康的。

官　母：他一进看守所就做了体检,只说他有食道残疾,但是身体健康,没病。

子　墨：管教人员知道他食道有问题吗？

官　母：知道。所长、干警和医生都知道。21号他进看守所，我们马上就写了一个书面东西，告诉他们孩子小时候做过手术，关在里面有生命危险。

这份申请是官鑫的外公在得知官鑫被拘留的当晚连夜写的。申请在官鑫被送到营山县看守所的当天，被官鑫的妈妈鲜小华亲自送到当地公安局、派出所和看守所。官鑫3岁的时候，因为误吃化学药品烧坏了食道，此后辗转治疗，最终做了以节肠代替食道的手术后，才有了正常人的生活。只是十多年来，在饮食方面都格外小心。

子　墨：食道用小肠代替，对他的进食有多大影响？

官　母：他的食道是从肺部上边接过来的，在脖子上开了一个口子。如果东西咽不下，脖子边上会鼓起一块，这时候要给他慢慢揉，或者喝点汤，才能咽下去。一般稀的食物比如汤什么的，吃起来还不成问题；干饭什么的都要烧得特别软，不能硬。因为用小肠做食道，他只要吃进东西就吐不出来，呕都呕不出来。

官鑫与父母合影

官鑫母亲鲜小华

子　墨：您当时想象他在里面的生活会是什么样？

官　母：听说那里头生活特别差，加上他食道有残疾，吃东西也没什么汤，吃干饭他根本咽不下去。

为了避免发生意外，官鑫的家人在他关押期间，不断把希望给予官鑫特别照顾的申请向各有关部门递送，然而一直没有得到有效回复。11天后，官家人担心的事情终于发生了。看守所通知他们，官鑫的身体出了问题，需要到医院检查。

官　母：7月2号，派出所和看守所打来电话，说官鑫身体可能有问题，叫我们去，还要我们带300块钱给他检查一下。

子　墨：是谁打电话找你要的钱？

官　母：看守所说的，要我们带300块钱，和东城派出所一起带官鑫去看病。

子　墨：东城派出所谁接待你的？

官　母：东城派出所的杨玉城、何元凯和胡劲松。何是正所长，杨是副所长，胡是办案民警。胡劲松说，我们刚才开会研究这事儿，我们把人已经交到

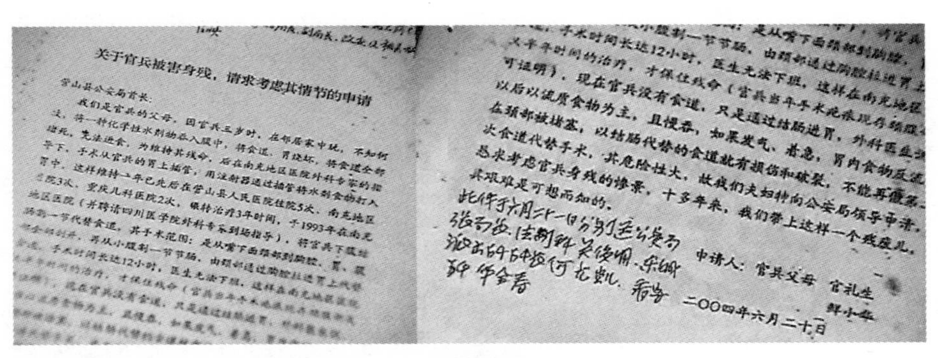

关于官兵被害身残，请求考虑其情节的申请

营山县公安局首长：

我们是官兵的父母，因官兵三岁时，在邻居家中玩，不知何故，将一种化学性水剂物吞入腹中，将食道、胃烧坏，将食道全部烧死，无法进食，为维持其残命，后在南充地区医院外科专家的指导下，手术从官兵的胃上插管，用注射器通过插管将水剂食物打入胃中，这样维持二年已先后在营山县人民医院住院5次，南充地区医院3次，重庆儿科医院2次，辗转治疗3年时间，于1993年在南充地区医院（并聘请四川医学院外科专家到场指导），将官兵下腹结肠割一节代替食道，其手术范围：是从嘴下面颈部到腹腔，……手术时间长达12小时，医生无法下班，这样在南充地区……年时间的治疗，才保住残命（……可证明），现在官兵没有食道，只是通过结肠进胃，外科医生……以后以流质食物为主，且慢吞，如果发气、着急，胃内食物反流……在颈部被堵塞，以结肠代替的食道就有损伤和破裂，不能再做第……次食道代替手术，其危险性大，故我们夫妇特向公安局领导申请，恳求考虑官兵身残的惨景，十多年来，我们带上这样一个残疾儿，其艰难是可想而知的。

申请人：官兵父母 官礼生 鲜小华

二〇〇四年六月二十日

此件于六月二十一日分别送公安局张局长、法制科吴俊明、乐娜、派出所所长何龙凯、看守所钟华金春

官鑫父母向看守所提出的申请书，写明官鑫食道有残疾，请求予以照顾

看守所了，他的生死与我们无关。

子　墨：不是看守所让你们把钱送到派出所，让他们带着去检查的吗？

官　母：看守所要求和派出所一块去，因为这个案子没有结束，派出所还在继续办案。

子　墨：您把派出所不去的情况告诉看守所后，他们怎么说？

官　母：看守所说，他们不去我们也不去。说这个案子也没结束，要去应该一起去。

子　墨：听到官鑫身体出了问题，您紧张吗？

官　母：当然紧张，他是个残疾人。当时我想他可能是吃饭吃不下，长期下来身体慢慢就衰弱了。

这次检查最终没有实现。鲜小华也没有见到儿子。他们只能继续写申请材料，向各个相关部门投递。一个多月后，鲜小华到看守所给儿子送钱，再次听说孩子的身体出现了问题。

官　母：8 月 18 号，那天天热，我和我父亲一起去看守所，准备给他送 50 块钱，让看守所的人买点方便面给孩子吃。一个民警走过来对我说，你们

回去拿点钱，今天带官鑫上医院检查。我父亲就回去拿钱，他们把官鑫带出来，我跟着上了医院。

子　墨：这是孩子进看守所后你第一次见到他吗？

官　母：第一次见到。他已经瘦得不成人形了，站不起来。上车的时候，一个民警给他戴上脚镣，把他抱到车上。到医院下车以后，他手扶着栏杆，我把他搀到二楼去检查的。他的脸全部凹进去了，连抬头的力气都没有。他说，妈，我不行了，我活不下去了。

陪同官鑫来医院检查的李信鸿，是营山县看守所唯一一名狱医。尽管鲜小华知道儿子的问题根本不在眼睛，但是狱医李信鸿只同意做眼科等外科检查。医院除开出眼药外，诊断书上写着：目前极度营养不良，需要加强营养的治疗。李信鸿对诊断视而不见，还把治眼睛的药也扔了出来。

官　母：眼科医生给孩子开了些药，取了药，李信鸿一直把药拿在手上。临上出租车，他又把药扔给我，说不用吃了。药我现在还留着。

子　墨：官鑫有没有告诉你，他在里面吃什么样的食物，一天吃几顿饭？

官　母：他说看守所的生活很差。用很埋怨我的样子说，别的家长什么东西都能送进来，你却不给我送点吃的进去。我说根本送不进来，他们根本不让我拿进去。

子　墨：他感到饿吗？

官　母：他说他饿，但是没法吃东西，喉咙痛得很。他说，妈，我想喝点水，喝点酸奶。放射科的医生看到他，建议我给他买奶粉。我就跑出去买了两袋奶粉，又买了水和酸奶。等我买完回到医院，看见带他来的警车刚刚开走，当时我就昏倒了。一位路过的妇女把我扶起来送到医院大门外的椅子上坐下。

接下来的日子，为了抢救儿子的生命，鲜小华继续在各相关部门奔走，希望看守所能让儿子到医院接受治疗。她再一次试图把食物送到看守所，依然没有成功。

子　墨：您是怎么求公安局的人的？

官　母：当时也没有检查结论，只照了3张食道片子。我们天天拿着片子去给公安看，他们说看不懂，没有检查结论不晓得该怎么办。

子　墨：找过哪些部门？

官　母：公安局法制科的于军荣、吴俊明，分管看守所的杨国民副局长，分管办案的张映泉，还有东城派出所所长何元凯。我们去看守所根本谁也见不到，没有人会见你。

子　墨：所有人给你的答复都一样吗？

官　母：都一样，说没听到看守所反映你家官鑫有病。有一天公安局法制科打电话到看守所，他们说他没病。

子　墨：你有没有问过看守所，为什么不向公安局汇报官鑫是有病的？

官　母：8月18号的检查过后，我去过看守所两次，叫他们把医院检查结论交出来，他们推托说狱医李信鸿不在屋里，不晓得怎么办。最后一直到死，

两名犯人在这家看守所内非正常死亡

他们都没把检查结论交出来。

子　墨：去看守所给孩子带东西没有？

官　母：买了水果、酸奶，还有18号那天医院开的药。我对一个警察说，求你们，他想喝点酸奶，你们帮我递给他吧。看守所的人说，他吃都吃不下，你还送什么送。我就站在那儿哭了半个钟头，没人理我，没办法，我只好回来。

子　墨：他们不让送食物的理由是什么？

官　母：看守所不准送东西进去。

鲜小华没想到，儿子这一生最后向她说的话就是买酸奶的请求。8天之后，鲜小华终于见到了儿子，这时，16岁的官鑫已经病危。从说出“想喝酸奶”到病危的整整8天中间，他几乎没有吃过任何食物。

官　母：8月26号大概下午5点多钟，看守所打电话到家里，说你们天天闹着要去医院检查，那就带他去检查吧。到了看守所，我在门口站着，听见里面闹得很凶。一个人说，他是在装病，谁要是把他放了，我到纪委告他去。后来我们知道说这个话的人是副所长。闹了一会儿，一个在押犯出来，把官鑫抱到车上。

子　墨：官鑫是什么样子？

官　母：他眼睛闭着，一句话没说。当时他小便失禁，裤子都是湿的。

子　墨：您叫他名字，他听得见吗？

官　母：听不见。到医院医生就说是重度休克。

在狱医李信鸿向医生叙述的官鑫病况中，有这样的记录：吞咽不畅13年，加重10天，神志不清1小时半。官鑫首先被送到外科，医院下达了病危通知。一个小时后，官鑫被转入内科，官家人再次收到病危通知。

张建忠的妻子

子　墨：医生有没有告诉您官鑫的症状？

官　母：我问医生，他有没有生命危险。医生说，肯定有。当天晚上，李信鸿看到官鑫不行了，就挨着官鑫搭个床躺下来。他自言自语地说，官鑫要有个好歹，他要判刑。

子　墨：说这话他紧张吗？

官　母：很紧张。他看到孩子这么严重，就躺在床上自言自语。他当时可能没感觉到我们在场。当天晚上，医生跟李信鸿说，孩子需要转院。他没同意。第二天早晨8点多，我父亲到医院，要求叫市里的医生来诊断。医生说要经过看守所同意。看守所不同意。医生最后说，管他同不同意，以救人为主，从市里请医生，费用他们出。市里的医生11点多到的，刚准备抢救，孩子就断气了。

子　墨：您看着他走的，还是医生告诉你的？

官　母：我亲眼看着。医生说人已经断气了，让护士把输液管拔了。我爱人不让他们拔，让他们继续抢救。他们说，人已经没气了。我们当时就昏过去了。

一个多月前还活蹦乱跳的孩子，就这样几乎被活活地饿死了。鲜小华开始上访，要为儿子讨说法。在四处寻求帮助时，她遇到了另一个中年女人蒋素珍。她的丈夫张建忠和官鑫有着同样的遭遇。两年前，39岁的张建忠同样因为一起打架事件进了营山县看守所，却没能活着出来，因病致死的起因不过是一场小小的感冒。丈夫被关在看守所的日子里，蒋素珍最深刻的记忆就是不断向看守所送钱。

子　墨：他进看守所之后，你见过他吗？

张　妻：见过。进去第三天就见了，我和很多亲戚朋友一起去看他。他告诉我里面生活很差，炒菜不放油，回锅肉的肉片只有三四片肥肉，却要5块钱一份。为了改善他的生活，我第一次送钱就送了一千多块，里面还登记了。

子　墨：钱给谁了？

张　妻：给了看守所值班干警。

子　墨：有收据吗？

张　妻：没有，看守所送钱进去一律没收据。

子　墨：这笔钱的用途呢？

张　妻：不知道。

张建忠是营山县星火镇彼岸村一个远近知名的漆匠，因为技术好，当了小包工头，家里因此富裕起来。蒋素珍说，送完钱后，以为丈夫在看守所里可以过得好一点，她就不再总跑几十千米山路去县城看守所了，而是忙着张罗着一家老小过年的事。过了不久，她突然听说丈夫病了，看守所让她送钱给张建忠看病。

张　妻：2002年2月15号，看守所打电话说我老公病了，叫我送2000块钱。我送钱过去时看见他正在里面输液。我问他怎么了。他脸色黄黄的，见到我就哭。我问，你在里面生病多久了？他说已经有5天5夜没吃东西了。从正月初五吃不下东西，看守所里没人上班，没人管他。我问他吃药没有，他说在里面吃不上药。他给了宿舍长200元钱，叫宿舍长交给狱医李信鸿，李信鸿才给了他一点药吃，并且打电话叫家里再送2000元钱过来，最后我送了1650元钱。

子　墨：1650元交给谁了？

张　妻：交给李信鸿了，亲自交到他手上。

子　墨：他登记了吗？

张　妻：没有。

子　墨：有没有申请到外面医院看病？

张　妻：有。里面的人说到外面看病相当难，要找局长批所长批。我和我哥就找到公安局一个姓蒋的干警，让他帮忙给杨局长打电话，我们在旁边听见杨局长问，家属带钱没有？我告诉蒋，带了。杨说，叫里面安排人带张建忠出去检查。我和我哥赶紧往看守所跑。杜所长在值班。我说，杨局长给你打电话没有？他说，打是打过，但是今天值班警力不够，没人带他看病。

张建忠先是反映感冒、肚子痛。两天后，眼膜和皮肤发黄，李信鸿认为是黄疸性肝炎，但并未向看守所所长建议送院治疗。看守所告诉蒋素珍，他们曾治好过黄疸性肝炎，而且正在对张建忠进行治疗。因此，这一次就医申请没有成功。此后，蒋素珍继续四处托人活动，希望能把张建忠转到外面的医院进行治疗。一周后，她再次接到了看守所让送钱的电话。这一次在收了900元钱之后，李信鸿陪同张建忠在医院做了简单的检查。

张　妻：2月23号，我老公从看守所打电话叫我嫂子带上钱到县医院去。我老公给了李信鸿400元钱，他这才同意到外面看病。在县医院门前，我嫂子又给了李信鸿500元钱，他带着我老公去检查，只查了一个血清，做了一个B超。我请医生开了治疗黄疸性肝炎的药，花了几百块钱买药，然后把处方和药一起送到看守所。

子　墨：这些药有没有转到张建忠手上？

张　妻：没有。我问他，给你输了补肝的液体没有？他说，没有。打没打针？没有。吃没吃药？没有。

子　墨：这期间你见过张建忠吗？

张　妻：见过。那几天我老公病情不好，我就拖着两岁的儿子，天天在那儿转来转去。

看守所两犯嫌病死

媒体报道狱医李鸿信受审的情况

3月9日，蒋素珍再次接到电话，要求给张建忠送1000元治疗费。两天之后，蒋素珍的哥哥接到看守所电话，要求再次送钱以便张建忠可以到医院进行治疗。

子　墨：这时候你看到张建忠是什么样子？

张　妻：人不行了，站都站不起来了，是被人搀到医院去的。给他检查的医生叫他申请转院，看守所的人没有做出答复。

子　墨：张建忠到底得的什么病？

张　妻：医院说是肝脓肿和多系统损伤造成的败血症。

子　墨：最后一次被送到医院，李信鸿去了吗？

张　妻：他和另外一个干警陪着去的。他要我给他付生活费，每天给他送两菜一汤一盒烟。

子　墨：一天花费多少？

张　妻：100多元。他来了两天，每天100多。

张建忠的死亡原因鉴定书上记录着最后几天的病程记录：11日，休克明显好转；12日，呼吸急促，病情危重；13日，多器官功能衰竭，存活率小。到了这个时候，张家人苦苦哀求的取保候审突然被同意了。

子　墨：取保候审是谁提出来的？

张　妻：检察院。让家属签字，说可以把张建忠领回去。当时我老公那样子我们肯定不能领，人都死了领回来干啥啊。他们就来了个强制执行，说只要看守所有见证人就可以。

子　墨：张建忠住院多长时间就过世了？

张　妻：4天半。11号早晨8点到医院去检查，11点多检查完毕输上液，到15号晚上8点死亡。

子　墨：当时看守所有人在场吗？

张　妻：没有，我给他们打电话，打了看守所，打了公安局，没一个人在场。

2006年7月6日，李信鸿被蓬安县检察院以涉嫌玩忽职守罪告上法庭。两名受害人的家属此时才得知，2001年到2004年（2004年9月营山县看守所被并入了临近县的其他看守所），营山县看守所既没有医务室也没有医疗器械，而所谓的“狱医”根本没有执业医师资格。李信鸿自辩说，他不是狱医，而是管教民警，只是因为自己之前在部队时从事过相关工作，到看守所后被分配做医务工作，主要职责是从事消毒杀菌、卫生防疫，如果有人患感冒肚痛或皮肤病，他也进行治疗。李信鸿的辩护人提出，两人生病到死亡期间，李也曾向有关领导作过汇报，所里和局里其他人、相关领导也知道两人生病，如果追究责任，为何偏偏只追究李信鸿？一审过后，李信鸿提出上诉。

子墨点评：

《中华人民共和国看守所条例》第26条：看守所应当配备必要的医疗器械和常用药品。人犯患病，应当给予及时治疗；需要到医院治疗的，当地医院应当负责治疗；病情严重的可以依法取保候审。

在2002年和2004年，张建忠和官鑫分别被营山县看守所看押的时候，都曾被送到营山县人民医院进行检查或者是救治。根据当时的病历显示，医生已经明确断定病人的病情十分地严重，需要得到及时的救治。而在整个检查期间，狱医李信鸿也一直陪伴在侧，应该说对两名病人的情况都相当了解。但是这两名病人还是被直接送回了营山县看守所继续关押，他们并没有得到任何专业或者及时的治疗。

乙肝歧视

读书受教育是不是每个孩子的权利？工作谋生是不是每位公民的权利？从乌鲁木齐19名被退学的孩子，到天津打官司的大学毕业生，他们的遭遇不过是中国1.2亿乙肝病毒携带者的缩影。在乙肝病毒面前，他们的生存权、劳动权、教育权受到侵犯。他们被抛入了恐慌、自卑和歧视的深渊。他们成为农民工、下岗职工之外又一个弱势群体。

美国太空总署生物科学家布林伯格博士于1976年在世界上首次发现了与肝炎有关的“澳大利亚抗原”——现称为“乙型肝炎表面抗原”。这一发现为人类诊断、预防和治疗乙型肝炎做出了巨大贡献。因此在1976年他被授予了诺贝尔医学奖。但他怎么也不会想到这一用于治疗的检测方法在中国已经被滥用到无以复加的地步。入托要检测，上学要检测，工作要检测……通过一个个检测将乙肝病毒携带者筛选出来，被抛出求学和工作行列的案例比比皆是。

2006年9月，新疆乌鲁木齐市面向边远地区招收了两千多名初中新生。然而，开学还不到一个月，其中的19名学生就被学校强制退回原籍，因为他们被查出是乙肝病毒的携带者。此后，一些学生家长打电话向新疆师范大学大四学生常坤求助。常坤于2005年3月创建新疆雪莲花艾滋病教研项目组织，“雪莲花”在开展艾滋病防治宣教的同时，也开展了乙肝防治和乙肝科普常识的宣教工作，倡导消除乙肝歧视。

子　墨：新疆19个孩子被退学的事情你是怎么知道的？

常　坤：10月1号我接到一个电话，是一个孩子的母亲。她说中午到我学习的地方见一面。见面后，她提到这个事情，重点讲述了自己孩子的情况。她的孩子被招到乌鲁木齐第15中学上学。他们所在地的体检是合格的，孩子进校以后复检却不合格，被送回生源地，在当地就读治疗。

2005年11月，新疆大学和新疆农业大学156名乙肝病毒携带新生被迫休学事件发生后，常坤曾发表公开信支持学生。这一次，在接到求助电话的第二天，常坤也向外界发出了一封求助信，引起人们关注。在被退学的19名学生中，10名是乌鲁木齐市15中的学生，另外9名分别来自66中、67中、58中。学校开具的退学证明上写着：确认学生患有传染病经上报批复后，同意将学生退回原生源地治疗就读。

为 19 名乙肝退学儿童积极呼吁的大学生常坤

子　墨：说了是什么样的传染病吗？

常　坤：没说。退学证明上说这些学生身体有异常，有传染病，却没说是什么传染病。看到这种证明，哪个学校敢接收啊。

子　墨：携带乙肝病毒是不是意味着它是一种传染病？

常　坤：是，但它传染的途径有限。

子　墨：据我所知，被查出携带乙肝病毒的有 45 名学生，为什么仅仅要求这 19 名学生退学？

常　坤：教育厅的解释是这 19 名学生的乙肝病毒处在活跃期，有可复制性，传染性强。这个说法可能夸大了孩子们的危险性。其实他们只是乙肝病毒的携带者，尽管病毒在活跃期，也并不影响他就读学习，不影响他过集体生活。但是学校的证明，给人的感觉非常恐怖，很有杀伤力。

子　墨：孩子们在被查出乙肝病毒后，在学校的生活和学习有什么变化？

常　坤：他们被隔离就餐。15 中的 10 个学生中有 8 个学生被迫离校，还有两个学生，一个男孩一个女孩，留在学校里被隔离就餐，受到很大的压力。很多同学好奇，他俩为什么不和我们一块吃饭？他们自己也无从解释。

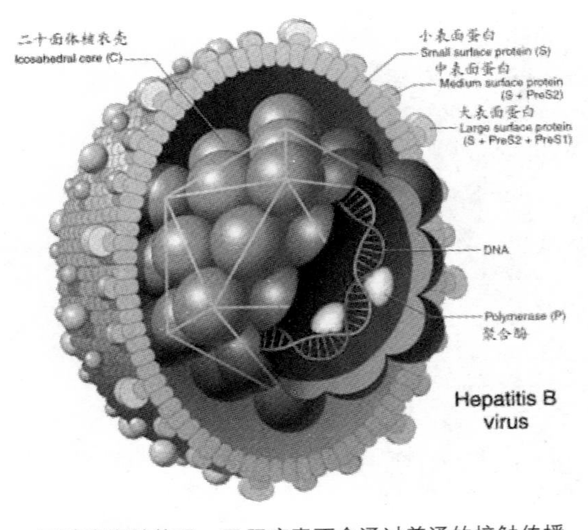

乙肝病毒结构图。乙肝病毒不会通过普通的接触传播

中华医学会2000年修订的《全国病毒性肝炎防治方案》明确说明，肝功能正常的乙肝病者携带者不按现症肝炎病人处理，除不能献血及从事直接接触入口食品和保育的工作外，可照常工作和学习。新疆高中班、区内初中班招生体检标准也明确规定，对检查发现乙肝病毒携带但肝功能正常的学生不属于招生不合格的范畴。

然而，乌鲁木齐的几所中学仍以“病毒处在活跃期”为由，坚持要将19名学生退回。学校通知了学生生源地的教育局，让他们派人把学生接走。大部分学生因此离校，极个别没走的学生，学校会派人把他们送回家。此时，19名学生的家长正心急如焚，从新疆各地赶赴乌鲁木齐，希望能够挽回孩子上学的权利。

子　墨：19名孩子大多来自什么样的家庭？

陆　军（乙肝公益网站“肝胆相照论坛”负责人）：这些孩子都是按照成绩被选拔出来的，来自各种各样的家庭，父母从事各种职业。部分学生的家庭非常困难，在求学过程中，经历过很大的坎坷。其中一位学生家长为了来乌鲁木齐和校方交涉，把家里唯一一头牛卖掉了，坐车从遥远的外地往乌鲁木齐赶，在路上，卖牛得来的钱又被小偷偷走了。这位家长为了挽救孩子受教育的权利，弄得非常拮据，身无分文。

子　墨：一头牛在当地能卖多少钱？

陆　军：他是卖了1200块，在路上被偷走了900多。

子　墨：家长有没有向学校询问过乙肝歧视的问题呢？

常　坤：有位刘女士始终不敢面对学校。一个星期天，她去看孩子，老师见到孩子问，这位是谁？孩子说，这是我姨姨。老师问，是你阿姨还是姨姨？孩子说，是我阿姨。阿姨和姨姨是两个概念，姨姨就是妈妈的姐姐或妹妹，阿姨是没有血缘关系的。儿子和母亲见面说几句话，迫于当时压力，都不敢承认自己的母亲。

子　墨：孩子为什么不敢承认？

常　坤：如果承认的话，老师肯定要跟家长说，你孩子身体有问题，根据学校有关决定，你要把他带走。校方会强行要母亲把孩子带走。

子　墨：学校要求19名孩子退学，真的是因为乙肝病毒吗？

陆　军：是的。新疆有关部门在11月12号召开的新闻发布会上明确说这些同学是因为携带乙肝病毒，并且病毒正在复制，具有传染性，才让他们退学的。这个决定得到了新疆教育主管部门的确认。

子　墨：新疆教育主管部门明确表示，他们这样做是对携带病毒的学生负责，对其他学生负责。

常　坤：病毒性感冒也很厉害，也是传染性疾病，但你能因为学生得了病毒性感冒，就把孩子送回家吗？

子　墨：不得不带着孩子离校，家长们是什么心情？

常　坤：很痛苦。对他们来讲，心理上是一种创伤，一个烙印，会因此改变他们对国家，对政府，对我们这个社会的态度。如果孩子知道自己因此受到歧视，他们一生的发展方向也许会因此改变，也许会走向对立面。

尽管家长和孩子做出了各种努力，校方的态度却异常坚决，没有回旋的余地。9月底，新疆西部律师事务所接受了7名被退学学生家长的委托，向乌鲁木齐天山区法院提起诉讼。法院以没有先例为由，不予受理。经学生、律师的一再坚持，法院才予以立案。原告认为，学生体检虽然是乙肝大三阳，DNA

消除
乙肝歧视
共建
和谐社会

XIAOCHU
YIGAN
QISHI
GONGJIANHEXIESHEHUI

热烈庆祝《传染病防治法》非歧视条款生效一周年

任何单位和个人不得歧视传染病人、病原携带者和疑似传染病病人。

——《中华人民共和国传染病防治法》第二章第十六条

发布单位：肝胆相照论坛www.hbvhbv.com　中国肝炎防治基金会　战胜乙肝网www.hbver.com
鸣谢单位：江苏省吴江市华帆喷织厂　深圳市本和科技有限公司　中洲有限公司

肝胆相照论坛制作的反乙肝歧视宣传广告

为阳性，但符合《2006年内地新疆高中班、区内初中班招生体检标准》，且肝功能正常，丝毫不影响正常学习和生活。在与他人的正常交往中，也不会给其他人造成传染。乌鲁木齐市教育局没有任何符合法律规定的理由，就对学生做出退学的决定，违反了宪法和中国教育法的有关规定，侵害了学生的合法受教育权。

子　墨：《教育法》中有没有明确提到，如果一个学生携带了乙肝病毒会怎么样？

陆　军：卫生部等几个部门联合制订的《高等学校招生体检录用标准》中，对乙肝病毒携带者规定了有少数几个专业不能录取。虽然这少数几个专业按照现在医学的观点来看其实完全没必要限制，但即使做了限制也是少数几个专业。对于幼儿园和中小学教育，完全是没有限制的，任何对乙肝病毒携带者进行教育歧视都是没有法律依据的。

虽然乙肝歧视没有法律依据，但是人们更关心的问题是这些被迫退学学生的上学问题怎么解决。既然在乌鲁木齐因为传染病不能上学，回到原生源地难道就不怕传染给生源地的同学？目前，8名已经从15中退学的孩子，与9名从另外3所中学退学的学生，在返回边远家乡之后，大都辍学在家。何日能够重新走入课堂，对于他们已经成了奢望。经过多方打听，记者与已被强制退学的15中学生阿努尔和58中学生美莉莎取得了联系，两个孩子都是因为学习成绩优秀被乌鲁木齐的中学破格录取的。回忆离开学校的情景，对她们来说是一件痛苦的事情。

子　墨：你是怎么考上乌鲁木齐的中学的？

阿努尔：我的学习成绩好，在班里是第一名。

子　墨：从你们家到乌鲁木齐需要多久？

阿努尔：30 个小时。

子　墨：考上乌鲁木齐的中学是不是特别不容易？

阿努尔：是。

子　墨：去乌鲁木齐念书你高兴吗？

阿努尔：高兴。

子　墨：你为什么那么想上学？

阿努尔：因为上学能教我知识。掌握了知识将来就会成为一个有用的人。在乌鲁木齐上学是我最大的希望。我很想当医生，因为我妈妈已经病得很重了。

子　墨：你想学好知识将来当医生，给妈妈治病是吗？

阿努尔：是。

子　墨：你是怎么知道自己不能在乌鲁木齐的学校读书了？

美莉莎：10 月 13 号上午，我们正在教室里做眼保健操，一个老师把我叫出去，领到办公室，我看到我们小学校长在那儿。他跟我说，把东西收拾好，跟我走。我问去哪里？校长说，回家乡的学校念书。我就带着衣服书包跟校长走出了校门。

子　墨：老师跟你说要回到家乡学校念书，你心里想什么了？

美莉莎：我很伤心，当时就哭了，因为这样别人会看不起我。校长说我有乙肝病，得退学。

子　墨：你知道什么是乙肝病毒吗？

美莉莎：不知道。

子　墨：老师和同学对你的态度和以前一样吗？

美莉莎：他们知道我有乙肝病毒后，对我态度有点不好，老师叫我退学，小朋友也不热情了。

令人感到奇怪的是，19 名学生退学事件发生后，积极支持孩子们的“雪

素有“劳模艺人”之称的刘德华自曝是乙肝病毒携带者。目前，他受邀担任中国肝炎防治基金会“乙肝防治宣传大使”

莲花”公益组织也受到干扰。10月4日，5名志愿者准备在15中附近派发乙肝科普宣传资料时，被警察阻止，资料被强扣，志愿者被带至派出所讯问。10月13日，“雪莲花”负责人常坤被警方带走讯问达7个小时。10月18日，在住处被查封，健康宣教资料、办公用品和个人笔记本电脑、移动硬盘等物品被查封后，常坤被迫离开乌鲁木齐。目前，他已被新疆师范大学开除。

子　墨：学校老师希望你不要再介入这个事情，为什么？

常　坤：学校认为我这么做会给学校带来很大的压力。

子　墨：什么样的压力？

常　坤：不清楚。学院党委书记这么说的。

子　墨：他找你谈话你觉得意外吗？

常　坤：找我谈话是必然的，因为媒体报道以后，影响面很大。

子　墨：谈话过程中你在想什么？

常　坤：没有什么可想的，有啥说啥吧。第二天中午，我就被当地公安局带去问话了，长达7个小时。这令我很惊恐。

2006年，与新疆19名乙肝学生退学案同时发生还有一起“天津首例乙肝歧视案”。所不同的是，前者是在招生录取中，受教育权利遭到了侵犯；后者则是在找工作的过程中,劳动就业的权利受到了侵犯。两起案件的相同之处是，整个社会对乙肝病毒携带者的歧视与偏见。

小杨，男，25岁，四川人，2005年毕业于西南交通大学土木工程专业，全家举债让他读完大学,至今仍欠银行助学贷款和学校学费(协议两年内还清)。毕业前夕，他与天津一家单位签订了就业协议，但在报到体检中，与其他3名新员工一起被查出携带乙肝病毒（乙肝小三阳)。单位以此为由，单方解除了就业协议。2006年5月，小杨以违约为由将用人单位告上法庭。

子　墨：第一次感到乙肝病毒会对你的生活带来影响是什么时候?

小　杨：是到天津工作的时候，我才真正理解到了什么叫做歧视。比如别人在一起很正常地吃吃喝喝，你自己却得拿个饭盒带身上，不知内情的人以为你好像得了什么很严重的病……反正很不自在，很不爽。

子　墨：谁向你宣布的（体检）复查结果?

小　杨：人力资源部部长把我们4个人单独叫到会议室，说我们的情况他们已经了解了，虽然经过了复查，但是还是有传染性，会影响工作。说公司的工作性质需要一起出差，一起吃饭什么的，我们几个还是不适合。他当时也没给我们看复查结果，只是叫我们赶快买好火车票，尽早离开天津。

子　墨：听到自己不能被录用后，你的第一个想法是什么?

小　杨：刚开始我还抱着希望，觉得我们这种病毒携带者本来也没什么，但是他连火车票都给我们买好了，非得要走了。他最后撂下一句狠话，说你们不服的话可以去仲裁，可以去告我。这是他的原话。

小杨称，事情发生后，他和同样被查出有问题的同学一起到天津传染病医院详细咨询了传染病学专家。专家明确告诉他们，小三阳的结果只说明他们是乙肝病毒携带者，肝功能检查正常即表示他们不是乙肝病人。此后他又回四川，到四川大学华西医院检查并咨询了专家，得出的结论同样如此。即自己仅仅是“非活动性乙肝病毒携带状态”，这种情况只是不适合从事饮食和婴幼保健两种工作，一般的工作接触都不会传染。

小杨几次三番找单位领导说明上述情况，但是他们依然拒绝恢复协议。无奈和绝望中，他登录了乙肝公益网站“肝胆相照论坛”，向网友诉说了自己的遭遇，没想到很快引起热烈反响。小杨发现，很多人都有着和自己类似的受歧视经历。在大家的支持和鼓励下，他决定用法律手段讨回尊严。

小　杨：我离开天津的时候就想，肯定要在诉讼有效期之内回去告他。

子　墨：打官司的目的是什么？

小　杨：首先证明他这种做法是不对的。后来在法院我碰见过他一次，他

亚裔肝脏中心发起的护肝手镯运动，为生活在中国偏远贫困农村的学龄儿童提供免费的乙肝教育和疫苗接种

说不是针对我个人。任何一个乙肝携带者，他都会辞退。我觉得这样对待乙肝携带者群体是错误的。我们本来能够正常工作，你退我回去是错的。

子　墨：所以你是要争这口气的。

小　杨：对，就像打官司，我要求回去（这家公司），其实就是胜了我也不会回去。

子　墨：为什么争这口气对你那么重要呢？

小　杨：这件事对我来说算是人生的第一次严重挫折。我读大学很顺利，在学校里混得也不差，突然就遭遇到这样一个挫折。我在哪里跌倒了肯定要在哪里爬起来。

天津市河东区法院已经公开审理了这起备受关注的"天津首例乙肝歧视案"。小杨对该案的结果表示乐观，他认为该案的输赢并不重要，他只是要替众多遭受过歧视的乙肝病毒携带者出一口气。

子　墨：携带乙肝病毒，你会觉得它是生活中的一种负担吗？

小　杨：面临工作的话，肯定要刻意隐瞒这些东西，我觉得这是一个很痛苦的事情，有时还必须做一些自己不愿意做的事。比如很多乙肝携带者，因为工作不得不体检时，会通过一些方式来逃避。虽然医学上说乙肝病毒携带者不影响正常工作，但是法律没有对我们进行相对明确的保护。只要去工作单位，就会要求你体检，就必须检查这个项目，这确实是很痛苦的事情。在外国，单位不能强制要求你检查乙型肝炎，而在中国没有这样的保护，没办法。

其实，到了上世纪90年代，人们就开始认识到乙肝与甲肝的传染途径完全不同。乙肝不像甲肝通过消化道传染，因此禁止乙肝病毒携带者入学和工作显然是不妥的。科学证明乙肝的传播渠道确实是和艾滋病大体一样，只通过血液、母婴和性的接触。

子　墨：乙肝病毒是一种什么样的病毒，为什么那么多人害怕？

陆　军：国家卫生部刚刚发布的《预防控制乙肝宣传教育知识要点》里明确指出，乙肝是一种通过母婴、血液和性行为传播的病毒，不会通过日常接触传播。卫生部在文件里写得清清楚楚，乙肝携带者是可以正常工作、学习和生活的，但是社会上还有很多人没把乙肝和甲肝区分开，把通过血液传染的乙型肝炎和通过饮食传染的甲型肝炎混为一谈。尤其是20世纪80年代后期，上海曾经发生过甲肝流行事件，给国人的心理带来了极大恐慌，认为甲肝容易传染，可能其他肝炎也容易感染，这是一个无意之中的错觉。

子　墨：和一个乙肝病毒携带者握手、吃饭，根本不具有传染性，是吗？

陆　军：是这样的。乙肝毋庸置疑具有传染性，但它的传染性体现在血液、母婴和性行为三个途径上，这在卫生部文件里是有明确说明的。日常生活中的握手拥抱，共同用餐住宿，一起工作学习，都不会发生传染。

子　墨：可是像新疆或是小杨这种歧视事件在中国普遍吗？

陆　军：这种事在中国每天都有发生。2005年，中华医学会发表了乙肝群体认知状况调查，发现52%的乙肝病毒携带者因为社会的歧视和偏见，失去了理想的工作和学习机会。也就是说，目前社会上存在的乙肝歧视不仅存在于教育领域，还存在于劳动就业领域。

子　墨：歧视给乙肝携带者造成了什么样的影响？

陆　军：主要是心理上的阴影。几乎所有的乙肝携带者都不敢向别人披露自己的身份。肝胆相照网上，一个网友描述，只要一听到要体检，不管是入职、入学还是单位的福利体检，一听到体检，心就咚咚直跳，一听到别人讨论乙肝话题，就觉得别人在谈论自己。

子　墨：在法律方面应该给予乙肝病毒携带者一种什么样的保证，才会减轻或消除这种被歧视的感觉？

陆　军：从国际惯例来看，消除乙肝歧视的必经之路是把乙肝病毒携带者作为个人隐私信息来加以保护。

子墨点评：

中国有1.2亿乙肝病毒携带者，如何对待这个庞大的人群，使他们能像普通人一样享受平等的受教育权利、工作权利、恋爱与幸福婚姻的权利，不仅关乎这个人群的生活质量，也关乎全社会每一个公民的生活质量。

呼吁全社会要科学对待乙肝病毒携带者，维护他们的正当权利，这是越来越多人的共识。2006年“两会”上，广东35名全国人大代表联名提案《立法扫清“乙肝歧视”》，建议全国人大制定《保护乙肝病毒携带者权利法》，在入托、入学、就业和公派留学时禁止检查乙肝两对半和乙肝表面抗原，而代之以只检查肝功能等。国家有关部门也对此作出了积极回应。

目前整个社会群体无意识的歧视，已经压得众多的乙肝病毒携带者们喘不上气来。其实稍微懂得一点医学常识的人就应该明白，乙肝病毒携带者是轻易不会对他人构成威胁的。那么，我们有什么理由让那1.2亿人终日生活在无知的歧视之下呢？

图书在版编目（CIP）数据

生命之痛／凤凰卫视《社会能见度》栏目组著．—北京：中国青年出版社，2008
（文轩凤凰丛书）
ISBN 978-7-5006-7896-0
I．生… II．凤… III．新闻报道—作品集—中国—当代 IV．I253
中国版本图书馆 CIP 数据核字（2008）第 006524 号

出品策划

网　　址　http://www.xinhuabookstore.com

出　　版　中国青年出版社
社　　址　北京东四 12 条 21 号
邮政编码　100708
网　　址　www.cyp.com.cn
编辑部电话　（010）64034329
责任编辑　林　栋　lindong2002@sohu.com
特约编辑　张　华
美术编辑　兰　馨
装帧设计　海云书装
营　　销　北京中青人出版物发行有限公司
　　　　　四川新华文轩连锁股份有限公司
印　　刷　北京通州皇家印刷厂

开　　本　787×1092　1/16
印　　张　16.25
插　　页　4
字　　数　210 千字
版　　次　2008 年 3 月北京第 1 版第 1 次印刷
印　　数　1—10000 册
定　　价　26.00 元